Dépôt légal : Janvier 2021
ISBN : 978-2-36538-887-0
Imprimé par Lightning Source
Rebelle Éditions
29 avenue des Guineberts
03100 Montluçon
www.rebelleeditions.com

AU-DELÀ

2 - L'ÉCLIPSE

RETROUVEZ-NOUS SUR

FACEBOOK
TWITTER
INSTAGRAM
SNAPCHAT
YOUTUBE
NOTRE SITE ET NOTRE BOUTIQUE
www.rebelleeditions.com

N'hésitez pas à consulter notre ***newsletter*** *(lien sur la page d'accueil de notre site)*

Hélène MAINOR

AU-DELÀ

2 - L'ÉCLIPSE

Rebelle
ÉDITIONS

Pour mon amie Anne

A ÉGALEMENT ÉCRIT CHEZ REBELLE ÉDITIONS

AU-DELÀ

1 - L'OMBRE ET LA LUMIÈRE

2 - L'ÉCLIPSE

CHAPITRE I

Je cours à perdre haleine… Ne pas m'arrêter !

Il est là… Juste derrière moi ! Tout près !

Mon prédateur… Il faut que je lui échappe ! Je l'entends, je sais qu'il me suit ! Je dois continuer.

Mais les premiers signes de faiblesse arrivent…

Je trébuche et tente de me rattraper à une branche qui s'offre à moi. Je la rate de peu et m'étale de tout mon long sur l'herbe fraîche. Je me relève sans perdre de temps. Mon cœur est au bord de l'explosion et mes poumons brûlent dans ma poitrine. Je vais manquer de souffle. C'en est bientôt fini si je ne trouve pas vite une cachette !

Allez, Lili, un dernier effort !

Je repère un buisson… Mon ultime espoir ! Je fais appel à mes dernières forces et accélère ma foulée.

Il est de plus en plus proche. Je n'ose regarder.

Plus que trois mètres.

Deux mètres.

Un mètre.

Je me tapis en silence, tentant de calmer ma respiration saccadée. Peine perdue… Ses pas se précipitent à ma suite !

Je n'ai pas été assez rapide !

J'imagine ses yeux fouiller les branchages. Son odorat aiguisé ne va pas tarder à me repérer !

Je me roule en boule en attendant que tout se termine.

— Tu te débrouilles pas trop mal pour une Solaire, me taquine Ian en me plaquant au sol. Mais tu n'es pas encore assez discrète. Je t'ai repérée de l'étage !

— Tu triches, grommelé-je en me débattant. Comment veux-tu que je gagne alors que tu cours sans même te fatiguer et que tu peux me sentir sur plusieurs kilomètres…

— L'avantage d'être mort, Lili !

Se penchant délicatement sur mon visage, il dépose un tendre baiser sur mes lèvres. Ne cherchant plus à fuir, j'accueille les siennes avec envie et agrippe ses mains qui me maintiennent au sol.

Me libérant de son emprise, Ian s'allonge à mes côtés en gardant ma main droite lovée dans la sienne.

Silencieux, nous levons les yeux vers un ciel sans nuages. Ce monde de ténèbres qui nous entoure. Sa maison, symbole de la malédiction qui pèse sur sa famille. Je ne peux m'empêcher de regarder ces fenêtres, ces portes, ce toit d'ardoises… Tout ressemble à s'y m'éprendre à ma maison… à mon chez moi. Sauf qu'ici tout est empli du passé, de tristesse… de ténèbres. Même le jardin n'est pas une bulle de lumière dans laquelle se lover. Et pourtant, j'aime cet endroit. Ou plutôt, j'ai appris à l'aimer par amour pour celui qui y habite.

Nous avons passé une grande partie de l'été ainsi, ensemble, à faire comme si tout ça n'avait pas d'importance.

Partagée entre ma vie à la surface et celle, ici, sous terre, j'avais dû mentir à de nombreuses reprises à mes parents. Jusqu'à leur dire que je partais plusieurs jours avec Maelwen chez sa tante pour pouvoir rester davantage auprès de lui.

J'ai honte de leur mentir ainsi à tous. Mais je n'ai pas le choix. Serait-ce ma vie à présent ? Une vie de mensonges et de ténèbres. Vais-je être capable de regarder ma meilleure amie dans les yeux et lui dire que, oui, mes parents m'avaient bien forcée à venir avec eux en vacances au lieu de partir avec elle ? Je n'en sais rien…

Malgré mes nombreuses sollicitations, Ian n'avait pas voulu m'en dire plus concernant cette malédiction. Il voulait d'abord que je digère les derniers événements en date. À savoir que sa famille et lui appartiennent à un monde différent du mien. Un monde où les gens ne vieillissent pas et sont dotés de capacités physiques hors-norme.

J'ai appris durant ces dernières semaines à découvrir les aptitudes de Ian : ouïe, odorat, vision… tous ses sens sont surdéveloppés. Tout comme sa force et sa résistance à la douleur qui lui permettent des choses qui ne sont pas du ressort des vivants comme moi.

Ian m'a expliqué qu'en perdant leur âme lorsqu'ils sont devenus des Lunaires, leur instinct animal avait pris le dessus. Certains, comme lui, parviennent à se contrôler. D'autres, comme Morgan, beaucoup moins.

Leur plus grande peur se trouve à la surface. Ils craignent que ceux qu'ils appellent les Solaires les persécutent pour ce qu'ils sont. Les Solaires, c'est-à-dire… les gens comme moi !

Je suis la seule à connaître leur secret. Après la découverte du tunnel, j'avais dû, à contrecœur, mentir à Maelwen pour ne pas qu'elle vienne à son tour. C'était la condition pour que Morgan, le frère de Ian, me laisse en vie.

Mais ce n'est pas pour autant qu'il m'accepte. J'ai passé mon été à l'esquiver pour ne pas avoir à subir ses regards qui me donnent la chair de poule.

Ian m'a mise en garde, je ne dois sous aucun prétexte me retrouver seule avec son frère. Rassurant.

Mais il faut faire avec. C'est à ce prix que je peux être avec celui que j'aime.

CHAPITRE 2

— Allez, il est temps que je te ramène chez toi, Lili. N'oublie pas que demain est un grand jour !

Ian se lève prestement tout en me tendant la main pour que je le suive.

— Pff… un grand jour, c'est vite dit.

— Tu ne sais pas ce que je donnerais pour être à ta place !

M'équilibrant sur mes deux jambes, je le regarde tendrement. Je sais qu'il rêve d'une vie normale. Une vie dans laquelle il pourrait se rendre au lycée pour son premier jour de terminale.

Enlevant les brins d'herbe sur mon pantalon, je respire un grand coup et relève la tête en me forçant à sourire.

— Tu as raison, ça va être sympa. Et j'ai hâte de revoir Maelwen !

— Et Erwann, ajoute-t-il avec une pointe d'agacement.

— Et Erwann, dis-je en l'enlaçant. Mon ami, seulement mon ami.

— J'aimerais pouvoir t'accompagner. Ça va être tellement long toutes ces journées loin de toi…

— C'est pourquoi on a inventé les téléphones ! Je te jure de tout te raconter. Et je viendrai te rejoindre dès que je peux. Promis !

— Moi aussi, je te le promets…

Même si ça me fait beaucoup de peine de le quitter, je m'efforce de ne pas le montrer. Ça ne sert à rien de le rendre encore plus malheureux qu'il ne l'est déjà. Récupérant mes affaires, je le suis à l'intérieur de la maison.

Alors que je m'apprête à passer la porte, une silhouette se dessine derrière la vitre.

— Alors comme ça, on retourne à l'école ? C'est pas trop tôt ! Tu en as des choses à apprendre, petite, ricane Morgan en me jetant un regard glacial.

À sa vue, tout mon corps se fige. Ian revient sur ses pas et pose son bras sur mon épaule, dans le souci de m'apaiser.

Qu'est-ce qu'il fiche ici, celui-là ?! Il ne peut pas nous laisser en paix ?! Oh, et puis je ne peux plus le voir avec son costume aussi ajusté que son rictus plaqué sur son visage. Et ses chaussures ! On en parle de ses chaussures ?! Non, mais sans rire, il va finir par éblouir quelqu'un si ça continue comme ça. C'est peut-être de cette manière qu'il va me tuer après tout : éblouie par des chaussures vernies, elle chute dans l'escalier et se tord le cou. Un petit rire nerveux m'échappe, que je contrôle rapidement en voyant le sérieux de Ian face à son frère.

— Qu'est-ce que tu fais ici, tu n'as pas quelque manigance à préparer ?

— Toujours en train de prendre sa défense, frérot. Tu es tellement pathétique… Comment va-t-elle faire pour survivre sans toi dans ce grand lycée ? Qui sait ce qu'il pourrait lui arriver là-bas… Quel piètre petit ami tu fais, Ian… ! Lili, vraiment, trouve-toi quelqu'un d'un peu plus… vivant, je t'en prie, ajoute-t-il avant de s'éloigner, hilare.

— Laisse ! lancé-je à l'attention de Ian en l'attrapant par le bras. Il ne mérite pas qu'on lui prête attention.

— Peut-être, mais il n'a pas tort, Lili. Pourquoi restes-tu avec moi ? Je ne suis même pas capable de sortir avec toi au restaurant, et encore moins de t'accompagner à une soirée. On fait mieux comme petit ami, non ?

Prenant son visage entre mes mains, je plonge mes yeux dans les siens.

— Ian, je reste avec toi parce que je t'aime. Peu importe qu'on ne puisse pas sortir ensemble en plein jour. Ce qui compte pour moi, c'est d'être ensemble, où que ce soit.

Me mettant sur la pointe des pieds, je presse mes lèvres contre les siennes pour mettre fin au débat.

— Merci.

— Mais de rien ! Bon alors, tu ne devais pas me raccompagner chez moi ? Paraît que demain, c'est un grand jour, dis-je en lui lançant un clin d'œil.

Réprimant un sourire, Ian me saisit par la taille et me jette sur son épaule.

Ainsi ballottée, je ne peux m'empêcher d'éclater de rire.

CHAPITRE 3

Une fois dans ma chambre, je m'allonge un instant sur mon lit, pressant le haut de mon tee-shirt sur mon nez. Son odeur… mélange de terre et de lavande… Il va tellement me manquer. Même si je fais celle que ça ne touche pas – « c'est pourquoi on a inventé les téléphones ! » – je n'en mène pas large. Pff, comme si ça pouvait remplacer des journées entières à ses côtés. Les heures passées loin de lui vont se transformer en éternité, c'est une certitude.

Mais bon, je dois déjà m'estimer heureuse qu'il arrive à capter… chez lui… sous terre. La première fois que j'ai reçu un sms de sa part, ça m'a fait tout bizarre ! Mais bon, étrange ou pas, ça m'arrange pas mal !

— Chérie ? Tu as préparé toutes tes affaires pour demain ? m'interpelle ma mère du bas de l'escalier.

— Heu… oui, t'inquiète pas, Maman ! Tout est prêt !

Tu parles… je n'ai même pas ouvert mon sac de cours de tout l'été. D'autres priorités !

Il va peut-être falloir que je m'y mette…

De mauvaise grâce, je me lève de mon lit et ouvre la fermeture éclair dudit sac avant de répandre tout le contenu à même le sol de ma chambre. Quel bazar ! Des feuilles de papier roulées en boule, une vieille gomme… Oh ! beurk ! Un vieux biscuit à moitié écrasé !

Je secoue mon sac par la fenêtre avant d'y glisser une trousse mise en ordre, des feuilles de classeur vierges, un trieur et mon agenda… J'espère vraiment être dans la même classe que Maelwen… sinon… l'angoisse. Je n'ose même pas y penser. C'est vrai que cette éventualité ne m'a pas traversé l'esprit de tout l'été. Mais maintenant que l'échéance approche… Non. Il ne faut pas y penser.

Une fois mon sac de cours prêt, je me dirige d'un pas lent vers mon placard. La fée me regarde. Toujours aussi fantasmagorique. Les relations n'avaient pas commencé au beau fixe entre elle et moi. J'en avais d'abord eu peur, pour finalement ne plus vouloir me séparer de cette peinture chamarrée. Et ce, pour des raisons évidentes… les références surnaturelles qui s'inscrivent en elle me ramènent inévitablement à Ian. Elle est en quelque sorte le lien vers un autre monde – son monde – même si ce n'est que dans mon esprit.

Mon dressing grand ouvert, je contemple d'un œil morne mes habits. Question existentielle : que vais-je bien pouvoir mettre demain ? En réalité, j'en fais peu de cas, mais je sais que Ian attache une importante toute particulière à ce premier jour. Comme s'il le vivait à travers moi, en quelque sorte. Je me dois donc de lui faire honneur.

Je décide de prendre mon pantalon à fines rayures bleues et un caraco blanc. Avec une veste, ça devrait faire l'affaire. Classe et décontractée à la fois. J'espère que mes ballerines ne sont pas trop sales… À force de faire des allers-retours dans la cave, je passe mon temps à retirer la poussière de mes affaires.

Tout est prêt pour demain…

Il n'y a plus qu'à…

Après une nuit beaucoup trop courte à mon goût, je me dépêche de prendre mon petit-déjeuner au risque de rater mon bus.

Mes parents me souhaitent une bonne rentrée en me serrant dans leurs bras, même si ce ne sont pas ceux de Ian, je n'ai rien contre un peu de chaleur humaine en ce triste matin de pluie.

Je me dirige en toute hâte vers le centre du village avant de bifurquer à travers champs et saute dans le bus juste au moment où les portes se referment. Il va vraiment falloir que je reprenne le rythme !

À l'intérieur, les conversations vont bon train. Amis et autres amoureux se racontent leurs vacances passées ici ou ailleurs, dans des contrées plus chaudes ou lointaines.

Je ne me mêle d'aucune d'entre elles et préfère me mettre à l'écart, au calme. La tête posée contre la vitre, je regarde le paysage défiler et ne peux m'empêcher de penser à Ian.

Apparemment lui aussi pense à moi…

| Passe une bonne journée ma douce Lili. Hâte de te retrouver.

M'indique un message envoyé sur mon portable.

Un sourire aux lèvres, je m'empresse de lui répondre.

La journée peut commencer !

CHAPITRE 4

À peine ai-je franchi le grand portail en fer du lycée qu'une paire de bras se jette à mon cou.

— Waouh, Lili, qu'est-ce que tu m'as manqué ! hurle Maelwen, manifestement surexcitée.

— Toi aussi, mais si tu voulais bien me laisser respirer un peu, je serais encore plus heureuse de te voir !

— Oups, pardon, désolée ! dit mon amie en libérant mon cou. Alors, ces vacances en famille ?

— Rien de bien passionnant, triché-je en essayant de contenir le sourire qui dévore mon visage à chaque fois que je pense à Ian et à l'été que nous avons passé ensemble.

— Excuse-moi de te dire que ça se voit ! T'as pas pris un gramme de bronzage ! T'es restée à te morfondre dans le noir en pensant aux vacances que tu aurais pu avoir si tes parents t'avaient laissée me suivre dans le Sud chez ma tante, avoue !

— Ouais, sûrement, dis-je en lui décochant un coup sur l'épaule.

Cela me fait de la peine de lui mentir ainsi, mais je n'ai pas le choix. J'ai promis de garder le secret. Lui faire avaler que le tunnel derrière le poêle n'était rien d'autre qu'une vieille galerie effondrée et Ian un simple voisin avait déjà été difficile ; j'avais brodé en expliquant qu'il avait vécu dans la maison… Bref. Autant éviter de lui laisser entendre qu'il se passe quoi que ce soit de nouveau dans ma vie.

Alors que Maelwen est occupée à me raconter en long et en large ses vacances à la mer, j'aperçois derrière elle une silhouette familière. Sentant mon regard posé sur lui, Erwann se dirige d'un pas leste dans notre direction.

— Alors, Blanche-Neige, t'as hiberné cet été ?! me lance-t-il, hilare. T'as peur du soleil ou quoi ?!

— Bonjour à toi aussi, rétorqué-je, vexée.

Avec ces deux-là qui n'ont que le bronzage comme preuve de vacances réussies, j'ai l'impression que la journée va être très longue… !

— Bon, ça vous dit qu'on aille récupérer nos emplois du temps ? Histoire de voir combien d'heures je vais devoir vous supporter par jour… dis-je, pour couper court.

— Pff, tu dis ça, mais je suis sûr que tu n'arriverais pas à te passer de moi une seule heure ! s'exclame Erwann.

— Tu paries ?

— C'est pas bientôt fini vous deux ! intervient Maelwen. Ma Lili, par contre, moi je ne pourrai pas me passer de toi donc j'espère vraiment qu'on partage un maximum de cours.

— J'espère, moi aussi, lui chuchoté-je en la prenant par le bras avant de nous diriger vers le secrétariat.

— Ne m'attendez pas surtout, les filles !

— Mais, si, dépêche ! crié-je en me retournant vers Erwann.

Une fois dans le bureau, mon cœur bat la chamade. Je ne pensais pas que la possibilité de me retrouver sans mon amie me ferait aussi peur. J'en aurais presque la nausée.

— Tenez, Lili et Maelwen, voici vos emplois du temps et vos cartes de cantine, nous interpelle la secrétaire lorsque vient notre tour.

— Merci, madame ! dis-je en fourrant la carte dans ma poche avant de me jeter sur le précieux papier.

Ouf. La plupart de nos cours sont identiques. Maelwen est juste inscrite en latin durant mes heures de russe.

Le visage de mon amie s'illumine quand elle en arrive à la même conclusion.

— Bon bah, c'est pas mal tout ça, ajoute Erwann, son emploi du temps dans les mains. Ma belle Lili, je crois qu'on ne va pas se quitter d'une semelle cette année !

— Quoi ?

— Russe. Comme toi. Identique. Totalement.

— Qu… Quoi ? m'étranglé-je. Je pensais que tu continuais le latin.

— Non. Trop difficile. Je tente le russe pour l'option du bac.

— Parce que tu penses vraiment que ça va être plus simple pour toi ?

— Je ne sais pas, mais au moins tu seras là pour m'aider !

Le clin d'œil qu'il m'adresse alors me fait hésiter entre colère et allégresse.

Qu'est-ce que je vais bien pouvoir dire à Ian qui, déjà, n'était pas franchement heureux de ces retrouvailles…

La pause méridienne nous donne l'occasion de tous nous retrouver. Gaël semble avoir passé de super vacances… sans Maelwen. Du coin de l'œil, je vois mon amie enrager silencieusement sur sa chaise. La pauvre. Je tente de la faire sourire en le mimant en train de nous raconter ses exploits. Elle m'envoie un baiser pour me remercier.

Les cours s'enchaînent. Je récupère de nombreux manuels que je tente de caser dans mon sac à dos sans succès et finis par les prendre dans mes bras.

Durant notre avant-dernière heure, le prof de physique nous interpelle avant de quitter la salle :

— N'oubliez pas vos lunettes pour regarder l'éclipse surtout !

— Ah ouais, c'est vrai, l'éclipse…

— Trop hâte ! s'enthousiasme Maelwen à mes côtés. T'as pris tes lunettes ?

— Euh… Ouais, ouais, je crois.

Une éclipse… Ça me fait une belle jambe ! Comme si je n'avais pas assez vécu dans le noir ces derniers temps…

— C'est pas ça qui va lui donner des couleurs ! ricane Erwann.

— C'est sûr !

Mes deux amis se tapent dans la main, solidaires, en me lançant des regards amusés. Je leur décoche un mince sourire avant de m'éloigner.

Assise un peu à l'écart sur la pelouse de la cour, j'attrape mes lunettes dans mon sac (merci Maman…) et les pose sur mon nez.

Ça commence…

Une ombre mord le soleil jusqu'à le recouvrir totalement…

Des « oh », des « ah » retentissent de toutes parts.

Plongée dans le noir, je ressens de mon côté comme un malaise. Comme si quelque chose n'était pas à sa place. Comme si l'ombre et la lumière ainsi réunies ne me laissaient pas indifférente.

Lorsque la lumière du soleil réapparaît, c'est toute perturbée que je rejoins mes amis en cours, pour la dernière heure, pressée de rentrer chez moi. Chez Ian.

En entendant la cloche sonner, signe de ma délivrance, c'est avec une certaine hâte que je me dirige vers l'arrêt de bus, les bras chargés de mes nouveaux manuels.

Sentant mon chargement menacer de s'écrouler, je m'arrête un moment sur un banc un peu à l'écart du chemin pour tout remettre en place. Alors que je m'apprête à repartir, quelqu'un saisit le tas de livres dans mes bras. Je me retourne, surprise, et croise le regard de Ian.

— Qu'est-ce que tu fais là ? soufflé-je, paniquée. Quelqu'un pourrait te voir.

Se penchant vers mon visage, Ian m'embrasse délicatement.

— Je ne voulais surtout pas rater ton premier jour. J'ai profité que la porte s'ouvre durant l'éclipse pour pouvoir sortir… Les ténèbres en plein jour… Étrange, non !

Face à mon silence et à mon regard alarmé, Ian me serre contre lui.

— Mais comment tu as fait… Je croyais que tu ne pouvais pas quitter la terre de tes ancêtres ?

— À mon époque, les limites des territoires n'étaient pas tout à fait les mêmes, elles étaient beaucoup plus étendues. Je peux sortir de Mervelbourch sur quelques kilomètres alentour et venir chercher ma petite amie au lycée, ou aller la sauver dans une sombre ruelle par exemple, répond-il dans un sourire. Et puis, il y a peu de chance pour que quelqu'un me connaisse ici…

— Ce n'est pas une raison pour nous attarder, murmuré-je, encore sous le choc de le voir ici… dans mon monde.

Me prenant par la main, Ian m'entraîne vers sa voiture, garée à l'écart sur une petite route en terre.

— Tu vois, tout va bien, il ne s'est rien pass…

Ne prenant pas la peine de terminer sa phrase, Ian se fige, la main sur la poignée de la portière. Il fixe quelque chose derrière moi.

— Lili ? hurle une voix dans mon dos.

Ou quelqu'un…

Me retournant d'un coup sec, je tombe nez à nez avec mon amie.

— Maelwen ? Mais… tu n'as pas pris le bus ?

— Non, je voulais m'excuser avant… on n'a pas été très cool avec Erwann, aujourd'hui…

— Ok, pas de soucis, dis-je en ouvrant la porte de la voiture. Allez, à demain !

— Non mais vraiment, on voulait juste te taquiner. Je me sentais vraiment mal alors, après le cours, j'ai essayé de te rattraper. Quand j'ai vu que tu discutais avec… – d'un mouvement de tête, Maelwen désigne Ian, qui n'a pas osé bouger depuis son arrivée, puis me lance un clin d'œil – je n'ai pas voulu vous déranger ! Mais j'ai constaté que tu partais avec lui, alors…

— Tu nous as suivis, avoue-le !

— Oui, bref, je suis désolée. Mais bon, maintenant que je suis là… Salut, moi c'est Maelwen, une copine de Lili, dit-elle en se dirigeant d'un pas assuré vers Ian.

— Euh… moi c'est Ian, enchanté.

— Ah !! Le « fameux voisin plein de mystères que Lili refuse de nous présenter » !

Se tournant vers moi, elle me lance un regard plein de reproches.

— Je suis heureuse de pouvoir enfin faire ta connaissance, ajoute-t-elle en lui tendant la main.

Répondant à son geste, Ian saisit sa paume dans la sienne. Mon amie tressaille à ce contact et dégage sa main d'un geste brusque.

— Oups, je crois que je t'ai filé un coup de jus, s'exclame Maelwen en se massant les doigts, une grimace sur le visage. C'est ce fichu pull aussi, il est plein d'électricité statique.

— Y'a pas de mal, répond Ian en ne la quittant pas des yeux.

— Bon bah, je vais vous laisser tranquilles alors, concède mon amie en retournant sur ses pas. Amusez-vous bien !

Me lançant un regard appuyé, elle me fait signe de lui téléphoner plus tard.

QUELQUE PART EN BROCÉLIANDE

1605

Un feu teinté de noir et d'ombres s'élevait au-dessus de la forêt. Des cris de souffrance et d'agonie résonnaient entre les arbres, qui, touchés, laissaient leurs feuilles et leurs branches roussies tomber au sol dans un craquement sinistre.

Madalen ne savait pas qui, d'elle ou de ses sœurs, hurlaient le plus fort. La douleur était intense. Léchant leurs pieds, leurs jambes, puis tout leur corps, sans aucun répit. Malgré leurs cris, elles s'accrochaient à la vie. Encore un instant. Assez pour mettre en œuvre leur vengeance.

Non, elles n'allaient pas mourir en vain.

Ils allaient payer. Tous.

Regardant autour d'elle, malgré les flammes, la peur, la colère, à travers tout cela, elle le vit. Caché. Derrière les autres. Un peu en retrait. Il observait la scène. Semblant vouloir l'empêcher, sans pour autant savoir comment s'y prendre. Il pleurait.

Devant lui, les hommes rigolaient. Se ravissaient de ce macabre spectacle.

Plus pour longtemps.

Madalen leva la tête vers le ciel pour se donner du courage. Elle allait mourir ce soir, mais cette forêt se souviendrait d'elle.

Et eux aussi.

Elle eut une pensée pour son aimé et espérait qu'il lui pardonnerait.

Toutes se regardèrent quand les flammes atteignirent leur cou et, dans un dernier élan de courage, ensemble, elles entonnèrent un chant. Unies par la douleur et leur magie.

C'est alors que Madalen les vit tomber un à un. Comme les pauvres insectes qu'ils étaient.

Perclus de douleur à leur tour. Agonisant à même le sol.

Le plus jeune d'entre eux tomba aussi, sur cette terre déjà en partie recouverte de leurs propres cendres. Seule la magie leur permettait de tenir. De finir ce qu'elles avaient commencé.

Une fois les corps de leurs ennemis exsangues, un ultime regard leur suffit pour lancer la dernière salve :

Captivi noz, captivi harz, Neque marv neque buhez

L'incantation s'éleva d'une seule voix au centre du cercle formé par leurs corps de braise.

Le silence se fit dans la forêt. Comme si faune et flore savaient ce qu'il était en train de se passer.

La lune se voila de noir, faisant tomber les ténèbres sur le bois. Mais le calme ne fut que de courte durée.

Quand elles furent sûres d'avoir réussi leur dessein, chacune s'effondra dans un cri.

Leur corps ayant fourni leurs dernières forces pour que puisse s'élever la vengeance.

Les femmes à terre, redevenues poussière. Humus mélangé à l'humus.

Les hommes eux se relevèrent.

À tout jamais.

CHAPITRE 5

Sur tout le chemin du retour, Ian reste extrêmement silencieux. Je sais qu'il s'en veut d'avoir mis en danger son secret, et je m'en veux qu'il l'ait fait pour moi.

Roulant à vive allure sur les petites routes excentrées, nous ne tardons pas à rejoindre l'allée de hêtres qui conduit chez moi. Ian bifurque juste avant pour cacher la voiture. Nous ferons le reste à pied.

Devant la porte, je vérifie par la fenêtre que mes parents ne sont pas encore rentrés du travail, avant de me glisser à l'intérieur en compagnie de Ian.

— Bon, maintenant qu'on est arrivés, tu vas me dire ce qui se passe, lancé-je en posant mon sac de cours dans l'entrée. Tu n'as pas ouvert la bouche de tout le trajet !

Mal à l'aise, Ian fait les cent pas dans le vestibule.

— Alors ? Je sais que quelque chose ne va pas, ça ne sert rien de me le cacher

— Non, je t'assure, il n'y a rien.

— Vraiment ? Crois-moi, je commence à te connaître et cette tête de déterré – pardonne-moi l'expression – ne me dit rien qui vaille.

Je vois Ian hésiter. Venir vers moi. Ouvrir la bouche et la refermer dans un soupir.

— Non, mais je ne suis même pas sûr. Je peux me tromper.

— Mais par rapport à quoi ? Tu commences sérieusement à m'inquiéter !

— Non, surtout pas ! C'est la dernière chose que je souhaite, s'exclame-t-il en me prenant dans ses bras. Oublions tout ça et raconte-moi plutôt ta première journée de cours. Les profs sont sympas ?

— Si on veut… dis-je, songeuse. Mais, toi, dis-moi plutôt…

— Et Erwann, content de te revoir ? ajoute-t-il sans me laisser renchérir. Et… ton amie… Maelwen, c'est ça ?

Je tique. Depuis quand hésite-il sur le prénom de ma meilleure amie dont je l'ai bassiné tout l'été ?

Tout à coup, tout s'éclaire !

— C'est d'avoir vu Maelwen qui te met dans cet état, avoue ! Qu'est-ce qu'il s'est passé ? Tu la connais ? Ooooh, mais peut-être que tu te dis que c'est elle que tu aurais dû hanter et pas moi ! C'est ça ? insinué-je mi-amusée, mi-sérieuse.

— Mais pas du tout, qu'est-ce que tu vas imaginer là… ça n'a rien à voir.

— Dans ce cas, dis-moi ce qui te tracasse.

Ian s'arrête brusquement de tourner en rond et se retourne en me fixant intensément.

— Je crois savoir ce qu'est réellement ton amie Maelwen.

— Qu… Quoi ? Co… comment ça ? m'étranglé-je. Qu'est-ce que tu entends par « ce qu'est » ?

Après tout ce que j'ai découvert sur lui cet été, j'ai de bonnes raisons d'avoir peur…

— Écoute, Lili, je suis désolé, mais en la touchant tout à l'heure, j'ai senti quelque chose… !

— Quoi, Ian ? Qu'est-ce que tu as senti ? hurlé-je, alarmée.

S'avançant vers moi, Ian saisit mes deux mains et les serre dans les siennes.

— Lili, je crois que Maelwen est une sorcière.

CHAPITRE 6

Assise sur les marches, j'enfouis ma tête dans mes bras.

— Je n'y comprends rien, tu divagues. Maelwen ne peut pas être une…

— Sorcière ? J'ai bien peur que si, Lili. Je suis désolé…

— Mais comment ? Comment c'est possible ? crié-je en me redressant les yeux remplis de larmes. Déjà toi, ensuite elle…

Ian me saisit par l'épaule et m'attire contre lui.

— Je pense qu'il est temps que je te parle de la malédiction qui pèse sur ma famille…

J'acquiesce en silence, essuyant mes larmes d'un revers de la main.

Une fois le tunnel traversé, Ian pousse la porte de sa cave et me laisse entrer chez lui.

Agrippée à la rampe, je monte à l'étage et me dirige tout droit vers sa chambre.

Il a été très facile pour moi de me sentir à l'aise dans cette chambre qui ressemble étrangement à la mienne. Seules quelques décorations personnelles ont été apportées à la pièce, mais le reste me donne l'impression d'être chez moi.

M'installant sur le lit, j'attends qu'il se lance.

— Tu as sans doute entendu parler de la chasse aux sorcières qui s'est déroulée en Europe aux XVIe et XVIIe siècles et des condamnations au bûcher ? commence Ian en s'asseyant près de moi.

— Oui, j'ai étudié ça en cours d'histoire, pourquoi ?

— Avant que je ne sois... mort, ces condamnations étaient à leur apogée.

— Attends, tu veux dire que tu as vécu à cette époque ? le coupé-je en me redressant.

— Oui, je suis né en 1587...

J'essaye de digérer la nouvelle tout en calculant. Perturbée, et pas des meilleurs en maths, je m'embrouille. Les chiffres se mélangent dans ma tête. *1587*. Évidemment, je savais qu'il était... Mais qu'il ait vécu à une époque aussi étrangère à la mienne venait ajouter à notre différence. Me reprenant, je réussis à terminer mon calcul :

— Tu as donc... 432 ans ?

M'attrapant par le bras, Ian me ramène contre lui.

— On peut dire ça comme ça... mais disons plutôt que j'ai 18 ans depuis un long, long moment.

Il tente de me sourire, mais ne parvient qu'à faire une grimace qui en dit long sur ce qu'il ressent.

— Comment c'était de vivre à cette époque ? Tu as rencontré des gens importants ? Rassure-moi, tu prenais des douches tous les jours ? Tu...

— Lili ! me rabroue-t-il gentiment en posant un doigt sur mes lèvres, nous aurons tout le temps de parler de ça plus tard, tu ne penses pas ?

— Oui. Tu as sans doute raison. Mais, tu ne perds rien pour attendre. Je veux tout savoir de ton ancienne vie !

— Ma vie est ici. Avec toi. Rien d'autre n'a d'importance.

Flattée, je rougis en faisant disparaître mon visage dans le creux de son épaule.

— Et donc, le procès des sorcières ? relancé-je après avoir inspiré un bon coup.

— Tu es vraiment sûre de vouloir en savoir davantage ?

— Oui. Définitivement.

— Vraiment ?

— Certaine.

Je lui lance un regard déterminé, tout en posant une main sur sa jambe pour l'encourager à se confier.

Il finit par obtempérer.

— Un jour, mon père, en compagnie d'autres personnes, a décidé de se joindre à cette chasse. Par conviction peut-être, mais surtout par peur de ce qu'elles représentaient. Des êtres dotés de pouvoirs extraordinaires, c'était forcément contre nature. Tout ce qui est différent fait peur, et ça ne date pas d'aujourd'hui. Et puis, ce groupe a fait condamner une dizaine de femmes pour sorcellerie, après les avoir vues pratiquer la magie dans les bois près d'ici. Ils n'ont pu s'empêcher d'assister à leur mise au bûcher, voyant en cela une consécration de leur action. Juste avant de mourir, ces femmes ont entonné un chant dont les paroles condamnaient leurs bourreaux et leurs familles à ne jamais trouver la paix.

Nous sommes morts ce soir-là. Laissant nos âmes passer dans l'au-delà, tandis que nos corps, eux, se sont relevés, simples enveloppes de chair livrées à nos plus vils instincts, voués à errer, prisonniers, sur les terres de nos ancêtres pour l'éternité. Pour que nous restions repliés sur nous-mêmes, reclus, ces femmes ont créé cette vie parallèle, plongée dans les ténèbres. Un endroit qui ne cesse de nous rappeler qui nous étions avant. Ce n'est qu'après plusieurs années enfermés, à vivre sans but, que nous avons découvert le passage derrière le poêle. Cette porte, séparant la surface des ténèbres, qui ne s'ouvre qu'à la nuit tombée, quand ton monde plonge dans ses propres ténèbres. Nous avons enfin pu sortir, même si nous devons nous restreindre à la nuit pour ne pas être découverts. Goûtant de nouveau, enfin, à un semblant de vie.

Un frisson me parcourt le corps, la mâchoire crispée, je tente d'articuler.

— C'était donc réellement des sorcières ?

— Sur ça, mon père ne s'était pas trompé… Par contre, on ne saura jamais si leurs intentions étaient mauvaises au départ. Pour ma part, je ne pense pas… Cette malédiction est simplement un juste retour des choses…

— Comment tu peux dire ça ? Cette malédiction est horrible, Ian ! Tu ne mérites pas de vivre ainsi, m'emporté-je, choquée.

— Et elles ne méritaient pas de mourir dans d'atroces souffrances pour la simple raison qu'elles étaient différentes.

— Oui, peut-être, mais…

— Il n'y a pas de mais, elles ne le méritaient pas. Mon père a fait une chose horrible et il a été puni pour ça.

— Mais toi, Ian, TOI ! Tu n'as rien fait.

— Faire souffrir ses enfants était un moyen de l'atteindre davantage. J'ai mis du temps, mais je l'ai compris il y a plusieurs années maintenant.

Irritée, je me lève, balançant au passage un coussin qui traînait sur le lit.

— Ian, c'est insensé, tu ne peux pas…

Se levant à son tour, il me saisit par le bras.

— De toute façon, Lili, que je l'accepte ou non, je ne peux rien changer à ma situation, donc autant que cette condamnation me permette de payer pour ce que mon père a fait.

— Je…

À court d'arguments, je me dirige vers la fenêtre, collant mon front sur le carreau froid pour tenter de me calmer.

Sentant la main de Ian posée sur mon épaule, je me détends et contemple le jardin plongé dans les ténèbres.

— Tu penses donc que Maelwen… murmuré-je.

— Je pense que Maelwen est une descendante de ces sorcières. C'est pour ça que nos corps ont réagi ainsi au contact l'un de l'autre. Que j'ai ressenti… leur souffrance. Leur colère. Leur soif de vengeance.

La voix de Ian s'étrangle. Je lui serre tendrement la main pour le soutenir à mon tour.

— Va-t-elle le découvrir ? Murmuré-je.

— Je ne sais pas, c'est la première fois que j'en croise une.

— Est-elle dangereuse pour toi ?

— J'espère que non…

CHAPITRE 7

C'est avec difficulté que Ian me laisse derrière le poêle. Chez moi. De mon côté du monde. Un dernier baiser et je monte le plus rapidement possible dans ma chambre avant le retour de mes parents, encore bouleversée par ce que je viens d'apprendre.

J'ai à peine le temps de me poser que j'entends une voiture se garer devant la maison. Ni une ni deux, je descends dans la cuisine pour mettre la table et commencer à préparer le dîner, le plus naturellement du monde. Vivre un moment de normalité : voilà ce à quoi j'aspire pour ce soir.

— Alors ce premier jour ? me lance mon père en posant sa sacoche dans l'entrée

— Plutôt bien, tempéré-je. Je partage la plupart de mes cours avec Maelwen.

— Super !

— Et Erwann… soupiré-je comme pour moi-même.

— Ah… Vous être toujours… ?

— Non, Papa. Et comme je te l'ai dit, je ne veux pas en parler.

— Ok ! Ok ! Excuse-moi, ma puce, dit-il en m'embrassant tendrement le front. Humm, ça sent bon par ici ! Tu nous prépares quoi de beau ?

— Poulet aux pommes et au cidre !

— Très bonne idée !

— Quelle bonne odeur ! s'exclame à mon tour ma mère en arrivant.

Entourée de mes parents, de leur parfum si familier, de leur sourire, je me sens comme dans un cocon. Une pause dans mon quotidien… tourmenté.

Une fois le repas prêt, nous passons à table dans un bruit de chaises tirées et de conversations effrénées sur la journée de chacun. Je ne peux pas dire que ce quotidien me manque, car le manque de Ian est encore plus fort, mais il est bon de le retrouver parfois.

Le dîner terminé, chacun vaque à ses occupations : pour ma part, un bon livre et au lit. Cette première journée m'a épuisée…

Malgré tout, la nuit s'annonce difficile. Un cauchemar dans lequel Maelwen et Ian s'affrontent m'arrache un cri. J'entends ma mère derrière la porte qui me demande si tout va bien. Je la rassure :

— Oui, c'est seulement April qui vient de me mordre le pied !

— Tu ne devrais pas la laisser dormir avec toi dans ce cas !

— Je m'en occupe, ne t'inquiète pas !

Tentant de raisonner mon cœur qui ne semble pas vouloir se calmer, je me cache sous la couette, espérant ainsi trouver le sommeil. En vain. Les images de Maelwen et Ian, ennemis jurés, me hantent pour le reste de la nuit.

Au matin, anxieuse et rongée par la fatigue, je me dirige d'un pas lent vers l'arrêt de bus près de chez moi. Que vais-je bien pouvoir dire à Maelwen concernant Ian ? Elle va m'en vouloir de lui avoir caché que nous étions devenus… proches. Et impossible de lui avouer que je l'ai fait pour la protéger, pour me protéger, autant que pour le protéger, lui…

De toute façon, après ce que m'a appris Ian hier, j'ai toutes les raisons de les tenir éloignés l'un de l'autre.

Je n'ai même pas osé l'appeler hier soir.

Le coup de frein du conducteur me fait sortir de mes réflexions, je bondis hors du bus et pousse la lourde grille du lycée. En traversant le parc, je découvre Maelwen assise au pied d'un arbre, la tête entre les mains.

Mettant de côté mon appréhension, je me précipite vers elle.

— Maelwen ? murmuré-je inquiète.

Mon amie relève doucement la tête et me fixe d'un œil vitreux.

— Ah ! Lili, c'est toi. Je sais pas ce qu'il m'arrive, j'ai très mal à la tête depuis hier soir, dit-elle en se massant le crâne. Je suis désolée, je ne vais pas être marrante aujourd'hui. Ma mère m'a filé plein de cachets, mais rien ne semble marcher.

— Pas d'autres symptômes sinon ?

Maelwen me lance un regard étonné.

— Je veux dire, rien qui ne laisse envisager que ce soit une sinusite ou une grippe ? dis-je gênée.

— Pas pour le moment… répond-elle soupçonneuse. Qu'est-ce qu'il y a, Lili, tu n'as pas l'air dans ton assiette toi non plus ?

— C'est juste que… je m'inquiète pour toi, c'est tout.

— Il n'y a pas à s'inquiéter, c'est juste une migraine. Tu savais que la douleur pouvait provoquer des hallucinations ? Ma mère dit que c'est normal, mais je t'assure que ça fait bizarre, ajoute-t-elle en se relevant doucement.

— Comment ça des hallucinations ? l'interrogé-je alarmée.

— Tu vas sûrement me prendre pour une folle, mais toute la soirée, j'ai eu des sortes de flashs. Des femmes, attachées sur un bûcher, en train de hurler. C'était horrible. Il faut vraiment que j'arrête de regarder des films d'horreur ! ajoute-t-elle en s'efforçant de sourire. Bon, allez viens, on va être en retard.

Attrapant son sac, Maelwen se dirige vers les bâtiments, le visage crispé par la douleur. Encore sous le choc, je la suis sans pouvoir dire un mot.

Profitant de la projection d'un film en cours d'histoire, je saisis mon portable et envoie un message à Ian pour l'informer de la situation. Il ne met que quelques minutes à me répondre.

| Essaye d'en savoir plus sur ce qu'elle a vu et retrouve-moi ce soir.

Les cours s'enchaînent jusqu'à l'heure tant attendue de la pause repas. Une fois à la cantine, Maelwen, dont la migraine semble avoir disparu, ne me lâche pas une seconde au sujet de Ian et ne me laisse aucune occasion de reparler de ce qu'il lui est arrivé.

— Pourquoi tu ne m'as rien dit ? C'est sérieux entre vous ?

Réfléchissant à ce que nous avons traversé ensemble et au secret qui nous lie, je lance timidement :

— Oui, je pense qu'on peut dire que c'est sérieux.

— Et tu m'as caché ça tout l'été ! répond-elle, blessée.

— Comme ça n'allait pas très fort avec Gaël, je ne voulais pas te faire de la peine, improvisé-je.

— Tu parles de celui qui préfère passer ses vacances avec ses potes plutôt qu'avec sa copine ?

— Ce serait bête de vous séparer pour ça, tu devrais aller lui parler, dis-je, heureuse de pouvoir enfin changer de sujet.

— Tiens, quand on parle du loup… grogne mon amie en baissant la tête.

— Salut Lili. Salut Maelwen, lance Gaël sans même la regarder.

— Salut ! renchérit Erwann à sa suite.

Posant son plateau près de nous, il s'installe sans se soucier des regards insistants de Gaël qui aurait sûrement aimé déjeuner plus loin.

— Alors, quoi de neuf ? demande Erwann.

— Notre Lili nous cache son petit ami ! ne peut s'empêcher de lâcher Maelwen.

Lui décochant un coup de pied sous la table, je me tasse sur ma chaise, gênée. Erwann se force à me regarder en gardant son sourire.

— Oh ? Voyez-vous ça ! Et comment s'appelle l'heureux élu ? demande-il finalement en se raclant la gorge.

Comprenant qu'elle a manqué de tact, Maelwen se tait, embarrassée.

— Ian, il s'appelle Ian, dis-je en le regardant droit dans les yeux, comme si ça ne me dérangeait pas le moins du monde de discuter de ça avec lui.

— Oh, le fameux Ian !

Sentant que la situation devient inconfortable, je décide de faire l'impasse sur le dessert et de partir au plus vite.

— Lili ! Lili ! m'interpelle mon amie dans les couloirs.

Je m'arrête près de la porte de notre prochain cours de français, prends la peine de vérifier par le hublot que la salle de classe est vide et me tourne vers elle, le visage fermé.

— Je suis désolée… j'ai merdé, reprend-elle.

— C'est bon, il aurait fini par être au courant tôt ou tard de toute façon. Et puis, je ne lui dois rien, après tout.

Je traverse le couloir et me juche sur le rebord d'une fenêtre, laissant mon sac glisser sur le sol. Les yeux fixés sur le mur d'en face, d'une couleur que, malgré ma bonne volonté, je n'arrive à nommer, je laisse mes jambes se balancer au-dessus d'un carrelage marron et beige du meilleur goût.

Maelwen ne tarde pas à me rejoindre et se hisse à mes côtés. Laissant à son tour ses jambes pendre doucement.

— Tu as raison, mais quand même, j'aurais dû tenir cette foutue langue.

Feignant de se museler la bouche avec son écharpe, je ne peux m'empêcher de plaquer un sourire sur mon visage en la regardant. Après tout… il n'y a pas mort d'homme. Pour le moment du moins…

CHAPITRE 8

La journée terminée, je ne perds pas de temps et rentre directement chez moi. Cette fois-ci, Ian n'a pas pris le risque de venir me rejoindre. De toute façon, pas d'éclipse à l'ordre du jour…

Une fois descendue du bus, je cours plus que je ne marche à travers champs, avant de traverser le village aussi désert qu'une plage en plein hiver. Le vent commence à se lever et de fines gouttes de pluie humidifient mon visage. Aucune importance. J'ai appris à aimer cet endroit en dépit de sa météo capricieuse.

Inspirant un grand coup, je laisse l'air frais pénétrer mes poumons. Vivifiant.

Prenant soin de ne pas me salir dans la boue qui recouvre le bord de la route, je finis par bifurquer dans l'allée de hêtres. La maison me domine dans toute sa splendeur. Elle aussi, j'ai appris à l'aimer. Il faut dire que mes parents se sont donné du mal pour lui rendre sa splendeur d'antan. Rien à voir avec le taudis que j'ai découvert un an plus tôt…

Une fois mon sac déposé dans l'entrée, et après avoir donné à manger à April qui en profite pour me réclamer sa dose de câlins, je descends à la cave, passe derrière le poêle et emprunte l'escalier qui me mène à Ian.

Après avoir parcouru sa maison, je finis par le trouver dans le jardin, installé sous le cerisier. Notre place favorite.

Je me rapproche doucement, ne voulant pas l'effrayer, même si je sais qu'il m'a déjà repérée à des kilomètres. Cependant, il ne dit rien. Me laissant croire à la surprise.

Je me glisse à ses côtés et contemple un instant ce ciel sans nuages. Vraiment étrange. Bizarrement, je ne me sens plus étouffée comme j'ai pu l'être autrefois. Sûrement une question d'habitude. Nous restons ainsi de longues minutes, allongés, main dans la main. Comme si rien n'existait autour. Nous savourons cet instant d'insouciance. Coupés du monde. De la réalité. De *notre* réalité.

Puis vient le moment de sortir de notre bulle.

Ian se redresse légèrement et, le coude enfoncé dans la terre et les racines, il me dévisage avec tendresse. Ses doigts parcourent mon visage avant de retrouver le sol. Ses yeux se ternissent. Il se rallonge, fixant le ciel à nouveau.

— C'est bien ce que je craignais… le fait de me toucher a déclenché le *processus*, explique Ian. Elle finira bientôt par découvrir la vérité. Impossible de savoir comment elle réagira à ça…

— Le *processus* ? répété-je sans comprendre.

— J'ai interrogé ma mère au sujet de ce qu'il s'est passé hier… Je savais qu'elle serait très en colère, mais je savais aussi qu'elle le serait encore plus si je ne la tenais pas au courant d'un danger potentiel. Et ce que j'ai appris ne va pas te plaire… Les descendantes des sorcières qui ont lancé la malédiction découvrent d'où elles viennent et qui elles sont lorsqu'elles entrent en contact avec un Lunaire. C'est à partir de là que le processus s'enclenche. Que leurs pouvoirs se révèlent. Un cas similaire aurait été rapporté il y a quelques années… Ma mère n'a pas voulu m'en dire plus, mais d'après ce que j'ai compris, ça n'a rien d'une bonne nouvelle.

Je retiens ma respiration. Comment vais-je expliquer à ma meilleure amie qu'elle est une sorcière ?

De retour chez moi, à table avec mes parents, sous la douche, dans mon lit, je ne peux m'empêcher de tourner et de retourner ce mot, *sorcière*, dans mon esprit. Non, définitivement, je ne vois pas quel est le meilleur moyen de lui annoncer une telle chose !

Ni de lui annoncer qui est réellement Ian. Évidemment, les deux vont de pair…

Pourquoi a-t-il fallu qu'il vienne me chercher ce jour-là… Sans ça, rien ne serait arrivé et nous serions encore protégés par notre secret. Cachés de tous. Et Maelwen n'aurait pas à subir mes choix.

Mais, je ne peux pas en vouloir à Ian. Il est sorti pour moi. Rien que pour moi.

C'est donc simple. Tout est de ma faute. Entièrement de ma faute. Depuis le début.

J'enfouis ma tête dans l'oreiller pour contenir un cri de rage. Pourquoi ma vie est-elle devenue aussi compliquée !

Me sentant bouger dans le lit, April vient se lover contre moi. Je lui rends ses léchouilles par des caresses et me colle contre elle, à la recherche de son ronronnement apaisant.

Le sommeil commence à m'engourdir, mes paupières se ferment doucement.

Mon cerveau se met enfin sur pause et je plonge dans un sommeil réparateur.

QUELQUE PART EN BROCÉLIANDE

1605

Le plus jeune d'entre eux se releva en premier. S'appuyant contre un arbre noir de suie, il contempla le désastre face à lui. De ces femmes, ces sorcières, ne restait que des tas de cendres disposés en cercle. Les poteaux sur lesquels elles avaient été sauvagement attachées n'étaient quasiment plus. Frêles morceaux de bois consumés par les flammes de la peur.

Il avait voulu s'opposer à tout ceci, en vain. Il n'avait pas eu la force de faire face à ces hommes. Et il s'en voulait profondément pour ça.

Il prit le temps de contempler son corps, de vérifier qu'il se portait bien. C'était étrange. Tellement étrange. Il pensait ne plus être et pourtant, il était là. Debout. Parmi les autres qui commençaient à se relever aussi.

Il se sentait vide. Comme si une partie de lui avait disparu avec elles.

En voyant le regard de ses pairs posés sur lui, leurs yeux vides et froids, il comprit.

Ils n'étaient pas vivants parmi les morts, mais morts parmi les morts.

Lui revint alors les paroles prononcées par ces femmes...

Ces terres seraient leur tombeau. Pour l'éternité.

À peine cette pensée germa-t-elle dans sa tête qu'il se sentit happé par la terre. Il s'effondra de nouveau. Sa tête cognant durement le sol. Des feuilles, humidifiées par la rosée et recouvertes de cendres, se collèrent sur son visage.

Les autres suivirent.

Tout autour de lui tournait.

Il ferma les yeux et tout s'arrêta.

Quand il put de nouveau les rouvrir, il se trouvait toujours à terre. Mais c'était différent. Il le sentit tout de suite. Ses doigts s'agrippèrent à un tronc familier. Une odeur connue lui emplit les narines.

C'était bien ça. Il se trouvait chez lui. Sous le cerisier.

Il se retourna sur le dos et crut que ses yeux étaient encore fermés quand il ne vit que le noir qui s'offrait à sa vue.

Il se releva, effrayé. Son père gisait à ses côtés. Tout comme son frère et sa mère.

Ses sens étaient en effervescence. Chaque bruit, chaque odeur étaient amplifiés.

Une fois debout, sa mère se jeta dans ses bras. La peau pâle et le regard vide.

Il se dégagea et entra dans cette maison avant d'essayer d'en ouvrir la porte principale.

Piégés.

Ils se retrouvaient piégés. Dans leur propre maison.

Sous terre. Il venait de le comprendre en retournant dans le jardin.

Qu'avait-il fait pour mériter ça ?

Fou de colère, il se dirigea vers son père qui le stoppa d'un geste, tout comme il maintenait son autre fils que la fureur ravageait.

L'heure n'était pas au règlement de compte.

Il fallait avant tout comprendre. Comprendre pour pouvoir s'en sortir.

CHAPITRE 9

Je me redresse sur mon lit, le cœur tambourinant contre ma poitrine.

Un bruit strident vient de me réveiller en sursaut.

Écarquillant les yeux, je regarde autour de moi pour en découvrir l'origine.

Je mets plusieurs secondes à comprendre qu'il s'agit de mon portable, rangé dans la poche de mon jean.

Je me lève, les yeux rongés par le sommeil, et me dirige vers la chaise de mon bureau où je l'ai déposé la veille.

Glissant une main dans la poche, j'ai juste le temps de décrocher avant que la sonnerie ne coupe. Inquiète d'être appelée ainsi en pleine nuit, je porte l'appareil à mon oreille d'une main fébrile.

— LILI ? LILI ? hurle une voix dans le téléphone.

— Maelwen ? Mais que…

— Aide-moi, Lili ! Je… Je ne comprends pas ce qu'il m'arrive, j'ai… j'ai tellement peur ! sanglote mon amie. Mes parents sont partis en voyage, je suis toute seule ici… Je t'en supplie, aide-moi !

Ayant peu de doutes sur la raison de son appel, je saisis mon jean et tente de l'enfiler tout en gardant mon téléphone dans la main.

— Calme-toi, Maelwen, et dis-moi ce qui se passe le temps que j'arrive chez toi ! chuchoté-je

— Je ne comprends pas bien… j'étais tranquillement en train de dormir quand j'ai encore eu un de ces flashs dont je te parlais. Mais cette fois-ci, j'avais vraiment l'impression d'y être. Je pouvais sentir la chaleur des flammes qui me brûlaient le corps et je hurlais des choses incompréhensibles comme ces autres femmes à côté de moi. Les hommes placés tout autour de nous ont alors commencé à tomber un par un à nos pieds. Morts. C'était horrible, je pouvais voir dans leur regard qu'ils me suppliaient de les épargner. Mais je ne pouvais pas, Lili, JE NE POUVAIS PAS, hurle Maelwen en sanglotant de plus belle.

— Ne t'inquiète pas, tu n'as rien fait, ce n'était qu'un cauchemar, dis-je en traversant la cave pour rejoindre Ian.

Dégageant l'entrée du tunnel le plus silencieusement possible, grâce aux roulettes dont est maintenant équipé le poêle, je me faufile à l'intérieur.

— Je suis désolée, dit Maelwen, mais je l'ai tué aussi…

— Qui ça ?

— Ian.

Prise de tournis, je stoppe net dans l'escalier de pierre.

— Que… quoi ? Non, mais qu'est-ce que tu racontes ? Ce n'était qu'un rêve, Maelwen, tu n'as rien fait.

— Alors pourquoi lorsque je me suis réveillée, mon lit avait commencé à prendre feu ?

Me saisissant à la taille, Ian m'entraîne vers la sortie. Je monte difficilement l'échelle qui nous amène dehors depuis sa porte d'entrée, déverrouillée elle aussi à la nuit tombée. J'ai découvert il y a peu cet autre passage vers l'extérieur, creusé par sa famille pour éviter d'éveiller les soupçons des propriétaires de la surface en passant par leur maison.

Dégageant d'un coup d'épaule la plaque qui camoufle l'entrée, nous nous hissons sur l'herbe fraîche de la nuit, non loin de ma propre maison.

Ian m'attrape la main et m'entraîne dans le champ alentour, à l'endroit où il stationne sa moto et sa voiture.

Passant à travers les branches d'un bosquet, je finis par découvrir cette dernière et me glisse rapidement à l'intérieur.

— Calme-toi, Maelwen, j'arrive, dis-je d'une voix tremblante.

Après avoir vérifié que personne ne peut nous voir sortir du fourré, Ian démarre la voiture en trombe et file sur les routes de campagne.

Une fois sur place, je me précipite chez Maelwen et découvre mon amie sanglotant sur le canapé, ses bras repliés sur les genoux.

— Oh, Maelwen, je suis tellement désolée, dis-je en la prenant dans mes bras.

— Qu'est-ce qui m'arrive ? Je n'y comprends rien… Comment j'ai pu… Mon lit a pris feu… c'est insensé… c'est impossible…

Elle tremble et n'est pas loin de la crise de nerfs. Je jette un œil à Ian, resté en retrait. Nous n'avons plus vraiment le choix, il faut lui dire la vérité.

— Écoute, Maelwen, j'ai peut-être une explication à tout ça, mais il faut me promettre de rester calme et de surtout garder le secret.

Mon amie me lance un regard soupçonneux.

— Tu sais ce qu'il m'arrive ?

— Peut-être, mais avant que l'on te dise quoi que ce soit, tu dois me promettre de ne rien dire.

— Ok, ok, je le promets.

Je vois bien à son comportement qu'elle ne me prend pas au sérieux.

— Maelwen, si tu répètes à qui que ce soit ce qu'on va te dire ce soir, tu nous mettras tous les trois en danger, intervient Ian sur le pas de la porte du salon.

En l'apercevant, Maelwen sursaute et m'attrape les mains.

— Alors c'était bien un cauchemar… Juste un cauchemar ? Il n'est pas vraiment… mort ? souffle-t-elle à demi-mot.

— Justement… Si.

CHAPITRE 10

— Alors, attends que je récapitule ce que vous venez de me dire... : Ian est mort, mais sans vraiment l'être. Du moins, son corps est encore ici et il erre depuis plus de quatre cents ans à cause d'une malédiction qu'aurait jetée une de mes ancêtres qui était en réalité une sorcière. Ah et aussi, cerise sur le gâteau, je serais en train de découvrir moi-même que j'en suis une parce que j'ai rencontré Ian. Vous êtes sérieux tous les deux ? Qu'est-ce que vous avez bu avant de venir ici ? s'esclaffe Maelwen hystérique, en faisant de grands gestes des bras, tout en continuant à tourner en rond dans la pièce comme elle le fait depuis vingt minutes maintenant.

— Maelwen, écoute, je te promets que tout ça est vrai. Tu dois nous croire. Tu dois *me* croire, dis-je en tentant de la stopper dans son élan.

— Non, c'est trop. Vous vous moquez de moi ! hurle-t-elle en quittant la pièce avant de claquer la porte d'entrée.

— Il faut la rattraper, crié-je à Ian en me précipitant à sa suite.

Passant la porte à notre tour, nous nous retrouvons bloqués par un cercle de flammes qui s'élève dans le jardin. En son centre, Maelwen, qui me regarde, terrifiée.

Nous tentons de la calmer au mieux, de la rassurer. Regrettant de ne pouvoir la prendre dans nos bras. Enfin, elle s'apaise, et les flammes avec elle.

Après avoir installé confortablement mon amie sur le canapé, je la recouvre d'un plaid et lui glisse une tasse de tisane bien chaude entre les mains.

En repoussant les quelques mèches de cheveux collées à son front, je ne peux m'empêcher de m'en vouloir de lui infliger ça. Si seulement je n'étais pas tombée amoureuse de Ian, rien de tout cela ne serait arrivé.

— Ce n'est pas de ta faute, Lili, me chuchote Ian à l'oreille, alors arrête de culpabiliser.

Face à mon regard interrogateur, il ajoute :

— Je connais ce visage, pas besoin d'être télépathe pour savoir ce que tu penses.

D'un geste tendre, il me caresse le dos du bout des doigts. Si seulement tout pouvait être plus simple.

— Je suis donc vraiment une sorcière, lance tout à coup Maelwen en sortant de sa torpeur.

— J'ai l'impression que oui.

Je tente de lui sourire, mais n'arrive qu'à former une grimace sur mon visage tendu par le stress.

— Que suis-je censée faire ? Venger mon arrière, arrière, arrière… grand-mère ?

— C'est à toi de choisir, répond Ian en posant un doigt sur ma bouche.

— N… Non ? Ian, qu'est-ce que tu racontes, elle ne va pas…

— Mon père a tué un membre de sa famille, libre à elle de décider de notre sort.

Son regard est sévère, je sais qu'il ne ment pas en disant ça. Il est vraiment rongé par la culpabilité.

— Stop, les amoureux, je ne compte pas faire de mal à qui que ce soit. Je ne suis pas… une meurtrière. Donc si tu me dis que c'est à moi de choisir, je choisis de ne pas rentrer dans cette spirale de la vengeance qui, quatre cents ans plus tard, me paraît inappropriée. Cela, bien sûr, si tu me promets que ta famille et toi vous ne tenterez pas de me faire du mal de votre côté. Je suis quand même la descendante de la personne qui vous a lancé cette malédiction. Je préfère prendre mes précautions.

— Bien entendu, ma famille et moi ne te ferons aucun mal. Comme tu le dis, nous devons dépasser tout ça. Un massacre est déjà de trop.

— Tu es sûr que Morgan sera de ton avis ? lancé-je inquiète, connaissant le caractère de son frère.

— Je l'espère… Je ne compte pas le mettre au courant de la nouvelle de toute façon.

— Tu as donc un frère ? s'étonne Maelwen.

— Oui.

— Vous êtes tous…

— Des Lunaires, oui. Nous avons tous été maudits ce soir-là.

— Pourtant… dans ma vision…

— La malédiction a touché tous les membres de la famille de mon père encore en vie, que nous ayons été auprès du bûcher ou non.

— Mais toi, tu étais là ce soir-là, pas vrai ?

Ian glisse sa main dans la mienne et la serre avec force.

— Je voulais savoir ce que mijotait mon père. Je l'ai suivi et je me suis caché. Dès que j'ai vu ce qu'il se passait, j'ai voulu m'interposer, mais c'était trop tard… Quand je me suis relevé… Quand mon corps s'est relevé, j'ai cru un moment… Mais j'ai vite compris que j'étais devenu… différent.

Les yeux remplis d'émotion, Ian évite mon regard.

Je comprends maintenant d'où lui vient toute cette culpabilité.

— Tous ceux qui ont été maudits ce soir-là sont devenus comme toi ? Je veux dire… malgré cette malédiction, tu ne sembles pas dépourvu de ton… humanité.

— Cela n'a pas été facile au début. Avec ma famille, nous avons dû travailler dur pour sauver notre part d'humain et ne pas nous laisser envahir par notre instinct animal qui prenait le dessus. Nous avons combattu, mais nous y sommes arrivés. Certains de notre espèce n'ont malheureusement pas pris ce chemin, préférant céder à leurs instincts primaires. Cela en fait de véritables prédateurs pour les Solaires qui ne se méfient pas. Comme nous, ceux que nous appelons les dissidents ont fini par trouver le chemin de la surface et en font leur domaine de chasse préféré.

— Quelle horreur, ne puis-je m'empêcher de marmonner, frissonnante, en repensant à ceux que j'avais croisés dans la ruelle… et à Morgan…

— Il n'y a aucun moyen de les arrêter ?

— Si, rétorque Ian, après un moment de réflexion. L'if.

— L'if ?

— Oui, cet arbre nous provoque des malaises quand nous sommes à son contact, et il a même été rapporté qu'il pouvait nous « tuer », définitivement, planté directement dans le cœur… Heureusement, je n'ai jamais eu à voir ça de mes propres yeux. Peut-être que mon père…

Songeur, Ian baisse les yeux.

— L'if, l'arbre de la vie. Rien de plus logique pour tuer des morts, murmuré-je en lui touchant le bras, compatissante.

— Mais, sans la possibilité de quitter nos terres, notre action reste très limitée. Nous sommes peu nombreux ici. Seule une sorcière… reprend Ian.

Il fixe Maelwen intensément et il ne me faut que quelques minutes pour comprendre où il veut en venir.

— Tu penses que Maelwen…

— Ses visions ne sont pas arrivées par hasard. Je pense que son ancêtre essaye de communiquer avec elle.

— Tu penses que je peux la… contacter ?

— Je ne sais pas vraiment, mais c'est à envisager. Après tout, elle a réussi à t'envoyer ces flashs.

Sous le choc, Maelwen fixe le fond de sa tasse.

— Mais je ne sais pas…

— Ne t'inquiète pas, je suis sûr que tu trouveras un moyen. Mais pour ce soir, je pense que c'est assez. Tu ferais mieux d'aller te reposer, propose Ian en posant maladroitement sa main sur son épaule.

— Il a raison, de toute façon, il va falloir que je rentre si je ne veux pas que mes parents s'inquiètent en découvrant mon lit vide, ajouté-je.

— Je ne veux pas rester seule, s'alarme Maelwen.

— Je dépose Lili chez elle et je reviens ici après. Enfin, si tu veux bien de ma compagnie.

Mon amie hésite et m'interroge du regard. Je la rassure d'un geste.

— Si Lili te fait confiance, alors moi aussi.

CHAPITRE II

La nuit a été courte. Ouvrant une paupière, puis l'autre, je me dirige d'un pas incertain vers la salle de bains.

Je profite d'une douche brûlante pour me réveiller et finis par me contempler dans le miroir : bonjour les cernes !

De retour dans ma chambre, je vérifie pour la centième fois mon portable : toujours aucun message de Ian et il ne répond pas à mes appels.

Attrapant quelques affaires dans la penderie, je m'habille en vitesse avant de descendre à la cave. Il me reste encore un peu de temps avant que le soleil se lève et j'espère pouvoir trouver Ian chez lui.

Après avoir traversé le tunnel et passé l'entrée de sa cave, je gravis d'un pas rapide l'escalier qui monte à sa chambre.

Je pousse la porte et tombe nez à nez avec…

— Morgan ? sursauté-je en le voyant installé sur le lit de Ian comme si de rien n'était.

Un sourire malicieux aux lèvres, il me salue d'une inclinaison de la tête.

— Désolé de te décevoir, ce n'est que moi. Ton petit ami a dû passer la nuit auprès de ton amie… la sorcière !

Surprise sur le coup, je me reprends rapidement et le toise en affichant un visage que j'espère impassible.

— Je ne vois vraiment pas de quoi tu parles.

— Oh, arrête ce petit jeu, Lili ! Je vous ai entendus en parler dans le jardin. Je vous ai même suivis jusque chez elle. C'est vraiment pas de chance de brûler tout ce qui se trouve autour de soi sans pouvoir le contrôler. Je pense que ton amie a dû apprécier que ce cher Ian se dévoue pour la prendre dans ses bras toute la nuit. Et maintenant, tu n'as plus de nouvelles de lui… que c'est triste, Lili ! Se serait-il découvert un petit penchant pour la jeune sorcière ? Quelle indélicatesse de sa part, considérant qu'il s'agit de ta meilleure amie.

Affichant un sourire satisfait, Morgan se rapproche sensiblement de moi. Je tente de reculer, mais avant que j'aie le temps de me retourner pour redescendre l'escalier, il me saisit à la gorge.

— Trêve de bavardage, ma belle, puisque Ian ne daigne pas se montrer, c'est toi qui répondras à mes questions. Que sait faire la sorcière à part tout brûler ? A-t-elle déjà réussi à lancer un sort ?

Fermant les yeux, je refuse de répondre. Sa prise autour de mon cou se fait de plus en plus forte. Je commence à suffoquer et me débats comme je peux.

— Je n'aurais aucun scrupule à te tuer, alors dis-moi ce que je veux savoir. Oh et tiens, pendant qu'on y est, parle-moi un peu de ce collier qui orne ton petit cou…

— Lâche-la, Morgan, tonne une voix en bas de l'escalier.

— Oh ! Mais voilà le retour du héros, s'écrie Morgan, sarcastique.

Montant les marches quatre à quatre, Ian profite de son élan pour bousculer son frère et se jeter sur lui.

Morgan roule sur le parquet avec fracas, m'entraînant dans sa chute. Ian ne lui laisse pas le temps de se relever et le saisit à la gorge.

— Ne t'avise plus de lui faire du mal ou tu auras affaire à moi, crache-t-il d'un air menaçant.

— Bien, bien, bien, je ne la toucherai plus… pour aujourd'hui, répond Morgan en se dégageant avant de disparaître dans l'escalier.

— Tu vas bien, Lili ? me demande Ian en se précipitant vers moi.

Affalée sur le sol, je n'en mène pas large.

— Oui, ça va, je suis bonne pour quelques bleus, rien de plus. Ça s'est bien passé après mon départ ? J'essaye de te joindre depuis ce matin… dis-je, perturbée, en repensant aux paroles de Morgan.

— Mieux, mais la fin de la nuit a été difficile. Je suis content que tu n'aies pas vu ça. Maelwen a failli mettre plusieurs fois le feu au canapé. Mais, avec un peu d'entraînement, elle finira par contrôler ses pouvoirs.

— Tu aurais dû me le dire, lancé-je, dépitée d'être la dernière mise au courant.

— Je ne voulais pas que tu t'inquiètes.

Je tente de repousser au plus profond de mon cerveau la petite voix qui me répète les paroles infectes de Morgan, pour me concentrer sur un problème plus important.

— Il sait pour Maelwen.

Ian me fixe, silencieux, le corps en alerte.

— Pourquoi s'intéresse-t-il à elle ? ajouté-je.

— Je ne sais pas du tout, mais connaissant mon frère, ça ne me dit rien de bon.

QUELQUE PART EN BROCÉLIANDE

1605 - La veille du massacre

Madalen savait qu'ils finiraient par les trouver. Cela faisait plusieurs jours maintenant que la traque avait commencé.

Ses sœurs et elles, cachées au cœur de la forêt, à la fois refuge et prison, usaient de tous leurs pouvoirs pour ne pas être repérées.

Mais ils étaient nombreux et elles commençaient à faiblir.

Jours et nuits à errer dans la peur eurent raison de leur corps.

Mais avant cela, il fallait qu'elle le cache. Qu'il ne tombe pas entre leurs mains. Ses sœurs feraient de même.

Elle l'aurait bien donné à la famille Skoazell, véritable soutien de son clan depuis des décennies, mais elle ne pouvait pas leur faire courir le moindre risque. Pas à eux. Pas à Gwenaëlle, son amie.

Elle décida alors de le cacher au sein du bois. Sous le couvert des arbres centenaires, à l'abri des feuilles et de la mousse. Cette forêt qui avait été le théâtre de leur don et peut-être de leur fin. Cette maison qui les accueillait sans faire état de leur identité, loin de la folie humaine.

Madalen finit par arriver dans une petite clairière dans laquelle se trouvait une souche creuse. Elle s'en approcha, le précieux objet dans ses mains, et se dit qu'il n'y avait pas de meilleur endroit pour le cacher.

Elle l'enveloppa dans son étole pour le protéger et le glissa à l'intérieur, à l'abri des regards.

Elle hésita un instant à le protéger de ses sorts, mais s'il devait un jour y avoir une sorcière-née, descendante directe d'elle ou de ses sœurs, avec personne pour lui enseigner l'art de la magie, il lui serait alors impossible de le trouver.

En ces temps sombres pour les gens de son espèce, elle avait peu de doute quant à la continuité de son clan. Et si l'une de leurs filles devait survivre, elle se garderait bien de perpétuer leurs traditions ancestrales.

Madalen eut une pensée pour la sienne. Ce n'était qu'un bébé. Elle avait pris soin de la mettre en sécurité dans une des familles du village qui fermait les yeux sur sa véritable identité. Elle espérait un jour la revoir, mais savait que ce ne serait sûrement pas dans cette vie.

Regardant une dernière fois la souche, elle espéra qu'un jour elle aurait à guider une de ses descendantes à elle.

Cela voudrait dire que son enfant avait survécu et qu'elle avait eu une vie heureuse.

Cela voudrait dire aussi qu'une sorcière s'était révélée, portant sûrement sur ses épaules le lourd poids de leur vengeance.

CHAPITRE 12

— Tu peux vraiment allumer toutes ces bougies rien qu'en les regardant ?

— Oui, mais attends, c'est pas le mieux !

Enjouée, mon amie dirige son regard vers le bureau et d'un tour de main projette en l'air les feuilles de sa dissertation.

— Waouh, c'est magnifique ! m'exclamé-je.

— Ça fait plusieurs jours que je m'entraîne et ça a fini par payer.

— As-tu réussi à…

— Prendre contact avec ma grand-mère ? Non, pas encore. Mais j'ai l'impression qu'elle essaye de me dire quelque chose.

— Vraiment ?

— Depuis plusieurs nuits maintenant, je fais le même rêve. Je suis au milieu de la forêt, près d'une vieille souche d'arbre dans laquelle je plonge les mains.

— Et ?

— Et rien… C'est toujours à ce moment-là que je me réveille. C'est frustrant. Je sens qu'elle essaye de me montrer quelque chose, mais je n'arrive pas à voir quoi.

— Une idée de l'endroit précis ?

— Pas vraiment, je vois seulement des arbres, cette souche…

Je suis aussi déçue que mon amie. Prendre contact avec sa grand-mère serait un moyen d'en découvrir plus sur ses pouvoirs, mais aussi sur la malédiction.

La tête entre les mains, je réalise soudain une chose.

— Ta grand-mère et ses amies ont bien été arrêtées alors qu'elles pratiquaient la magie dans la forêt de Brocéliande, pas vrai ? dis-je, excitée.

— Oui, je crois que c'est ce qu'a dit Ian.

— Alors je suis presque sûre que ce qu'elle veut te montrer se trouve là-bas !

Saisissant mon amie par le bras, je descends en trombe l'escalier.

— Attends ! Il faudrait peut-être prendre une carte pour ne pas se perdre dans les sentiers, lance Maelwen en se dirigeant vers le salon. Je crois que mon père en a une dans la bibliothèque… Ah voilà ! *Randonnées dans la forêt de Brocéliande.* Pile ce qu'il nous faut !

— Ok, prenons aussi de quoi boire et de quoi manger. Il va peut-être falloir chercher un bout de temps, dis-je en passant dans la cuisine. Au fait, tes parents sont toujours en voyage ?

— Oui ! Ma mère était inquiète au départ à cause de ma fièvre et des hallucinations, mais je lui ai dit qu'il ne fallait pas s'inquiéter… Que la fièvre était tombée et que j'allais me reposer… Un simple coup de froid, quoi !

— Heureusement qu'elle ne t'a pas surprise en train de tout faire flamber, m'esclaffé-je.

— C'est clair !

Nos provisions prêtes, je place le tout dans un sac et me dirige vers la porte.

— Tu veux qu'on prévienne Ian ? m'interpelle Maelwen alors que je m'apprête à sortir.

— Je ne préfère pas. On ne sait pas ce que ta grand-mère a derrière la tête. N'oublions pas que c'est elle qui lui a jeté cette malédiction.

— Tu as sans doute raison.

— De toute façon, il est bloqué chez lui jusqu'à ce soir.

À peine la porte passée qu'une forme s'abat sur moi.

— Erwann ! Mais qu'est-ce que tu fais là ? hurlé-je sous le coup de l'émotion.

— Pardon, Lili, je ne voulais pas te faire peur ! J'avais juste envie de passer un peu de temps avec mes vieilles amies… Ta mère m'a dit que tu étais chez Maelwen, du coup, je suis venu vous proposer un ciné.

— Oh, heu… c'est gentil, Erwann, mais on allait sortir en forêt, répond Maelwen, gênée.

— Oui, entre filles ! ajouté-je pour ne pas qu'il propose de se joindre à nous.

— Oh… je vois…

— Non, mais c'est très gentil de ta part ! Une autre fois ? Promis ? dis-je, mal à l'aise.

— Oui, oui, t'en fais pas. Je devrais peut-être demander à Léa de m'accompagner dans ce cas.

— Léa ? interroge Maelwen après m'avoir lancé un regard étonné.

— Oui, Léa, la nouvelle. Elle a l'air vraiment très sympa.

— Bah oui, tu devrais. Ça lui fera sans doute plaisir que tu lui proposes.

— Si en plus j'ai ton approbation, Lili… Bon bah, à plus alors !

— Mince, tu crois qu'on lui a fait de la peine ? demandé-je à mon amie une fois Erwann parti.

— J'en ai l'impression… On va devoir se rattraper !

— C'est clair !

Silencieuses, Maelwen et moi remontons l'allée de la maison pour emprunter le chemin menant à l'entrée de la forêt. À peine cinq minutes plus tard, nous pénétrons dans le sous-bois.

— Je comprends maintenant pourquoi ma famille a toujours habité ici, aussi près de la forêt… dit mon amie en regardant tout autour d'elle. Pratique pour y faire de la magie en toute discrétion.

Suivant le sentier en ligne droite, nous nous enfonçons plus avant dans le cœur de la forêt. Les cailloux roulent sous mes pieds et j'ai de plus en plus froid à mesure que nous avançons. L'air est humide et un vent frais me fouette le visage.

Je recroqueville mes mains dans mon blouson et allonge le pas.

Soudain mon amie s'arrête au milieu du chemin.

— Maelwen ?

Elle lève une main pour m'intimer le silence. Stoïque, les yeux fermés, elle semble écouter quelque chose.

Je tente à mon tour de tendre l'oreille à ce qui m'entoure, mais n'entends que le bruit des feuilles qui frémissent dans les arbres.

— Je crois que je l'ai entendue…

— Qui ça ? risqué-je.

— Ma grand-mère ! J'ai l'impression qu'elle m'indique la direction à prendre. Viens, suis-moi, ajoute-t-elle en se précipitant entre les arbres à droite du chemin.

— Maelwen, on ne devrait pas plutôt suivre le sentier ? Ce serait plus prudent, crié-je derrière elle. On va se perdre.

— Non, dépêche-toi, je sais qu'il faut aller par là !

Courant entre les racines, je manque de tomber plusieurs fois. Je m'agrippe aux branches pour me retenir et m'écorche au passage.

En sueur et les cheveux en bataille, je finis par rejoindre Maelwen dans une clairière. Me plaçant à ses côtés, je découvre en son centre une vieille souche.

— Est-ce…

— Oui, c'est ici. Comme dans mon rêve.

Maelwen s'approche lentement et caresse l'écorce du bout des doigts.

— J'avais raison, ma grand-mère m'a vraiment envoyé cette vision.

Émue, elle se tourne vers moi.

— C’est le moment de découvrir ce qu’elle tenait tant à me montrer.

Inspirant un grand coup, Maelwen plonge ses mains dans la vieille souche. Un peu en retrait, je n’ose m’approcher.

Soudain mon amie tressaille.

— Je sens quelque chose ! Mais on dirait que c’est coincé.

— Tu veux que je t’aide ?

— Non, attends, ça y est, j’ai réussi à dégager un côté ! Je pense qu’en tirant un grand coup, j’arriverai à le sortir de là.

Bien campée sur ses jambes, Maelwen tire avec force. Un cri de victoire sort de sa bouche quand elle tombe à la renverse, les mains fermement accrochées à sa prise.

Je me précipite vers elle pour l’aider à se relever.

CHAPITRE 13

— Qu'est-ce que c'est ? dis-je en posant mes yeux sur l'objet qu'elle tient entre les mains.

Maelwen déballe sa trouvaille délicatement, secouant le tissu pour le débarrasser de la terre et des champignons qui le recouvrent partiellement.

— On dirait… un grand livre.

Maelwen, surexcitée, passe les doigts sur la couverture en cuir rouge.

— Ouvre-le !

— Attends, attends ! Tiens, posons-nous par là, m'intime-t-elle en désignant un cercle de terre dessiné sur le sol dans la clairière.

Le grand livre posé à nos pieds, on ne peut s'empêcher de se regarder en souriant.

D'une main tremblante, Maelwen touche le symbole qui orne la couverture.

— Ton pendentif.

Par réflexe, je prends mon triskèle entre mes doigts. Depuis que j'ai appris pour Ian et que Morgan a éprouvé un intérêt pour le collier de ma grand-mère, je ne le quitte plus.

— Pourquoi mon pendentif se trouve sur cette couverture ?

— Aucune idée.

La luminosité ayant déjà commencé à baisser au cœur de la forêt, Maelwen projette une boule de feu au-dessus de nos têtes pour nous éclairer.

— Vraiment pratique ! lui dis-je en souriant.

Fière d'elle, Maelwen tourne la première page. Le papier épais est jauni par le temps, mais suffisamment en état pour que se distinguent parfaitement les grosses lettres calligraphiées à l'encre noire : Famille Sorserez.

— Le nom de ta mère. Pas de doute, ce livre appartient vraiment à ta famille.

— On dirait du latin mélangé à une autre langue… du breton, j'imagine, dit Maelwen en tournant les pages.

— Tu arrives à comprendre ?

— Oui, quelques passages…

— Pourquoi ta grand-mère t'aurait guidée vers ce vieux bouquin d'après toi ?

— Parce que justement, ce n'est pas un vieux bouquin… mais son livre de sorts.

— Son livre de sorts, répété-je interloquée en feuilletant à mon tour les pages.

— Je ne sais pas pourquoi elle souhaite tant me le donner, je ne sais même pas si je serais capable d'en lancer un, murmure mon amie. D'après elle, je serais… la *dernière descendante…* avec, entre mes mains, le sort des Lunaires et des Solaires. Quelle pression !

— Tu m'étonnes ! Mais bien sûr que tu y arriveras ! Ta grand-mère te fait confiance. C'est pour ça qu'elle t'a conduite jusqu'ici, dis-je en la serrant dans mes bras.

— Crois-moi, tu as tout intérêt à y arriver, tonne une voix menaçante derrière nous.

Deux hommes me saisissent par les bras et m'entraînent à l'écart. Je me débats et hurle avant de reconnaître Morgan et ses amis.

— Qu'est-ce que tu veux encore ? hurlé-je.

— Oh, de toi ? Rien de spécial en réalité. Après tout, tu n'es qu'une Solaire, rien de plus, répond-il en me regardant avec dégoût. Par contre, la sorcière m'intéresse davantage, ajoute-t-il en se tournant vers Maelwen.

Toujours au centre du cercle, mon amie tente de leur jeter des boules de feu tout en protégeant le grimoire, en vain. Paralysée par le stress.

— Je vois que tu as trouvé le livre de ta grand-mère. Bien. Bien. Maintenant, je vais te demander un petit service, sorcière.

S'approchant de Maelwen, il s'accroupit face à elle avant de la saisir par le cou.

— Ça fait des années que j'attends qu'une descendante Sorserez se réveille. Que c'est ironique que ce soit toi, la meilleure amie de cette dinde qui s'est entichée de mon frère ! – un sourire narquois s'étire sur son visage. Vois-tu, comme tu le sais sans doute déjà, mes amis et moi-même sommes bloqués dans le coin. Ce qui contrarie un tant soit peu mes projets. Tu vas donc déchiffrer ce vieux tas de papiers et me trouver une formule qui arrange ça. Je peux compter sur toi ?

Maelwen le regarde, interdite.

— Je me doutais bien que je n'aurais pas ton appui aussi facilement. Du coup, j'ai pensé qu'il serait plus motivant pour toi que je garde avec moi la jolie Lili. Que je t'explique : tu trouves le sort qui nous libérera et moi, de mon côté, je m'engage à libérer ta copine. Mais dans le cas contraire… Disons qu'il te faudra trouver un sort qui la ramène à la vie. C'est la marque de fabrique de ta famille, si je ne m'abuse ! s'esclaffe Morgan en relâchant son emprise. Bien entendu, le temps est compté. Je te donne quarante-huit heures. Oh, et comme je sais que tu ne pourras pas t'empêcher d'avertir notre héros national, je vais faire en sorte de la transférer au-delà de nos frontières. Il lui sera impossible de venir à son secours, cette fois-ci… Sauf si bien entendu... Bref, tout ça devrait t'encourager à chercher la formule, tu ne crois pas ?!

— Non, vous ne pouvez pas ! hurle mon amie en essayant de se relever.

Morgan lui décoche un coup sur le visage qui la renvoie au sol.

Laissant Maelwen effondrée au milieu du cercle, il se dirige vers moi d'un pas menaçant.

— Allez, emmenez-la ! Je pense que notre petite sorcière a bien compris la leçon.

Les deux hommes me soulèvent sans effort et m'entraînent dans le sous-bois. Je lance un dernier regard d'encouragement à Maelwen, avant de disparaître sous la pénombre des arbres.

CHAPITRE 14

Morgan

— C'était pas si difficile que ça, hein, ma jolie ! Deux fois que je t'attrape, ça va finir par devenir une habitude, lancé-je à la pauvresse en train de se débattre. Tu remercieras ton ami qui nous a gentiment rencardés sur votre promenade. Le grand à l'air idiot, celui qui te court tout le temps après. Le pauvre, s'il savait dans quoi tu trempes, il n'aurait plus du tout envie de te suivre, crois-moi. Quand on lui a demandé où vous partiez, on n'a même pas eu besoin de le convaincre. Il était tellement énervé qu'il nous a répondu sans même nous regarder. Vous vous souvenez de ce qu'il a dit, les gars : « En forêt, entre *filles,* apparemment, et moi alors ? Je compte pour rien ? Rien à foutre, je vais inviter Léa, ça lui fera les pieds ! ». Pathétique, tu ne trouves pas ? Honnêtement, je ne vois toujours pas pourquoi mon frère et lui s'intéressent à toi. Vraiment, tu n'as rien d'extraordinaire. À la limite, ta copine la sorcière, pourquoi pas, elle a… une certaine utilité, disons. Mais toi. Toi ! Je ne vois absolument pas ! Éventuellement, il y a ton collier…

Alors que je m'apprête à lui arracher, Lili se contorsionne et tente de fuir.

— Hou là, c'est bon, je te la laisse, ta babiole ! C'est pas comme si j'avais envie de m'afficher avec, de toute façon, pas vrai les gars ! m'esclaffé-je, hilare.

— Tu l'as dit ! glousse Tristan.

— Mais bon, j'espère quand même que tu m'en diras un peu plus sur ce bijou qui semble fortement intéresser mon frère et ma mère. On a tout le temps !

CHAPITRE 15

Maelwen

Encore sonnée, je me relève avec difficulté et me dirige d'un pas hésitant vers la vieille souche pour y prendre appui d'une main, en attendant que ma tête arrête de tourner.

Mes esprits retrouvés, je regarde autour de moi et constate qu'il fait complètement nuit. Je me suis sans doute évanouie, ce qui expliquerait pourquoi j'ai tant de mal à tenir sur mes jambes.

Plusieurs heures ont dû passer depuis que Lili a été enlevée par ces monstres, je n'ai pas de temps à perdre si je veux la sortir de là vivante.

Glissant une main dans la poche arrière de mon jean, je saisis mon téléphone et compose le numéro de Ian.

Il décroche au bout de la première sonnerie, sans doute inquiet de ne pas avoir eu de nouvelles de Lili. Je tente de lui expliquer ce qu'il s'est passé aussi clairement que possible, tout en me concentrant pour ne pas m'effondrer une nouvelle fois.

Ma voix tremble et mon discours est haché, mais Ian comprend rapidement la gravité de la situation.

— Ne bouge pas, je viens te chercher.

Tremblante, je glisse contre la souche avant de m'asseoir sur l'herbe fraîche. Les branches tombées au sol se brisent sous mon poids et m'entaillent à travers le jean, mais ça m'est égal.

La tête sur les genoux, je décide de fermer les yeux un instant, en attendant l'arrivée de Ian.

— Maelwen ?

Des pas précipités se dirigent vers moi et une main se pose sur mon épaule.

— Maelwen, ça va ?

Je relève lourdement les paupières et fixe Ian, accroupi à côté de moi.

— Ian… j'ai dû… m'assoupir, articulé-je avec peine.

Ma mâchoire me fait horriblement mal. Passant les doigts dessus, je ne peux m'empêcher de gémir.

— Il ne t'a pas loupée, ce fumier. Tu peux te relever ?

— Oui, je pense.

M'attrapant sous le bras, Ian m'aide à me redresser.

— Ils sont partis par où ? m'interroge-t-il, une étincelle de colère dans les yeux.

— Par ici, dis-je en désignant le passage dans lequel j'avais vu mon amie disparaître. Mais ça ne sert à rien d'y aller, ils l'ont envoyée au-delà des frontières apparemment… D'ailleurs, comment est-ce possible ?

Serrant les poings, Ian fixe l'endroit avant de se tourner à nouveau vers moi, sans pour autant répondre à ma question.

— Allez viens, je te ramène chez toi, dit-il.

— Attends, je dois prendre ça avant, dis-je en désignant le grimoire sur le sol.

Le saisissant d'une main, Ian m'entraîne de l'autre à travers la forêt.

— Tu as une idée du sort que Morgan recherche ?

— Pas vraiment. On était en train de feuilleter le livre quand il est arrivé.

— Tu me permettrais de t'aider à chercher ?

— Bien évidemment, si tu crois que tu allais y couper !

Ian m'adresse un timide sourire alors que nous repassons dans le sous-bois. Ma tête me lance, et je ne peux m'empêcher de penser que tout est de ma faute.

CHAPITRE 16

Ian

Tout est de ma faute. Si seulement je n'étais pas allé chercher Lili au lycée ce jour-là, rien ne serait arrivé. Lili serait à mes côtés, en sécurité, loin de Morgan et de sa folie destructrice…

Maelwen semble choquée. Sa main tremble dans la mienne. Je n'ose la lâcher de peur qu'elle ne s'écroule. J'espère que nous y arriverons.

Même si j'ai peur pour Lili, je sais qu'elle est forte. Elle saura se défendre. Ne pas lâcher. Tenir tête.

— Qu'allons-nous faire ? Qu'allons-nous dire à ses parents ? s'inquiète Maelwen qui semble peu à peu retrouver ses esprits.

Je vois des larmes rouler sur ses joues et s'écraser sur ses chaussures.

— Dis-leur que Lili dort chez toi ce soir, ça nous laissera un peu de temps.

— Du temps pour quoi ? Je suis incapable de jeter un sort. Je ne sais pas ce qu'il me demande. Comment allons-nous la récupérer ? Comment allons-nous la sauver des griffes de ce monstre.

— Ne panique pas, nous allons trouver une solution. La dernière chose à faire est de paniquer…

— NE PAS PANIQUER ! Ma meilleure amie a été enlevée. TA PETITE AMIE ! Et tu me dis de ne pas paniquer ?

— Je dis seulement que ça ne sert à rien. Ce n'est pas ça qui la ramènera.

Je m'arrête un moment et me tourne vers elle. Malgré la nuit qui tombe, je vois son visage ravagé par la peur et le chagrin. Sans réfléchir, je l'attire à moi et la serre dans mes bras. Rassurant. Comme un grand frère réconfortant sa petite sœur. D'abord crispés, je sens peu à peu ses bras s'abandonner dans les miens, son cœur s'apaiser.

— Merci, me souffle-t-elle.

Arrivés à l'orée de la forêt, nous montons sans bruit dans ma voiture.

— Si tu es d'accord, si tu en as le courage, le mieux serait de nous mettre dès maintenant au travail.

— Entièrement d'accord. Où allons-nous ?

— Si ça ne t'ennuie pas, le mieux serait d'aller chez moi, proposé-je gêné. Ma mère pourrait nous aider.

— Très bien. Mes parents sont encore en voyage, ils ne risquent pas de s'inquiéter pour moi.

Maelwen sort le portable de Lili de sa poche.

— Elle l'a laissé tomber quand… Enfin, bref, je vais envoyer un message à sa mère pour lui dire qu'elle passe le week-end à la maison.

Maelwen essaye de faire bonne figure, mais je vois qu'elle est inquiète à l'idée de se rendre chez moi. Dans la maison des ténèbres. La maison de la mort.

CHAPITRE 17

Lili

— Sortez-moi de là !

Cela fait maintenant plusieurs heures que je m'échine dans le noir, sans résultat. Je ne sais même pas où je me trouve. Ni le lieu, ni l'endroit. En tout cas, cette fois-ci, il ne s'agit pas du coffre d'une voiture.

Après avoir été traînée à travers bois, les mains bloquées dans le dos et un sac sur la tête, avoir laissé mes chevilles se tordre dans les racines et mes bras perdre leur chair sur les ronces avoisinantes, je me retrouve maintenant à même le sol, dur et froid, la tête toujours recouverte et les mains attachées à quelque chose de lourd et humide. Je tape une nouvelle fois sur le mur avec ce que j'analyse être une chaîne. Toujours aucune réaction de la part de mes ravisseurs. Ils semblaient très enjoués à l'idée que Maelwen puisse les aider dans leur projet « d'évasion ». Qui sait ce qu'ils seraient capables de faire une fois libres de toute attache ?

— Maelwen, si tu m'entends, brûle ce grimoire !

CHAPITRE 18

Maelwen

C'est donc ça la fameuse maison…

Lugubre.

On dirait précisément celle de Lili, mais en version film d'horreur.

Ne tenant pas en place, je fais le tour du salon en attendant le retour de Ian. Je m'approche de la bibliothèque, déchiffre quelques couvertures, mais n'ose y toucher. À travers la fenêtre, le monde est noir. Effrayant. Je décide finalement de m'asseoir sur un grand fauteuil devant l'âtre endormi, sans pour autant baisser ma garde.

— Je te présente ma mère, Aénor, m'interpelle Ian en pénétrant dans la pièce avec, à sa suite, une élégante femme vêtue d'une magnifique robe en dentelle noire.

Je me lève précipitamment pour la saluer et manque de tomber.

— Restez assise, je vous prie. Ainsi vous êtes l'une d'entre elles. L'une de celles à qui nous devons cette vie de douleur et de ténèbres.

— Je…

— Mère ! me coupe Ian.

— Tu as raison, il est malvenu à moi de me plaindre. Après tout, nous connaissons les véritables coupables de cette tragédie. Ainsi donc, vous manifestez quelques dispositions en matière de magie… ?

— Pas grand-chose pour le moment, seulement quelques tours de passe-passe. Mais ma grand-mère m'a guidée jusqu'à son grimoire. Nous espérions que vous pourriez nous aider à le comprendre.

Sentant son regard perçant peser sur moi, je ne peux m'empêcher de me tourner vers Ian en quête de son assentiment.

— Oui, Mère, nous espérions…

— Si tu veux bien, j'aimerais m'entretenir avec la jeune sorcière, le coupe-t-elle, en se rapprochant du fauteuil jouxtant le mien.

La voir si près de moi me fait frissonner. Même si je sais que Ian et elle sont victimes de la même malédiction, sa présence à elle me met mal à l'aise. Contrairement à celle de Ian…

— Que savez-vous sur ce grimoire ? me demande-t-elle, curieuse, en passant sa main sur la couverture en cuir.

— Simplement qu'il appartient à ma famille, mon nom apparaît sur la première page.

— Et ce symbole, que savez-vous de lui ?

— Pas grand-chose, si ce n'est qu'il s'agit d'un triskèle. Le même que celui de Lili.

— C'est bien ce qu'il me semblait.

Ouvrant le livre par la dernière page, la mère de Ian semble à la recherche de quelque chose. Soudain, elle redresse la tête et nous montre une ligne du doigt : « Skoazell&frères, copistes ».

— Ne s'agirait-il pas du nom de famille de Lili, du côté de sa mère ?

— Oui, je crois. Qu'est-ce que cela signifie ? intervient Ian, penché au-dessus de l'ouvrage, cherchant sans doute à distinguer chaque lettre.

— Que ce n'est pas pour rien qu'elle et toi êtes liés. La famille Skoazell était réputée pour venir en aide à ces femmes… à ces « sorcières » comme elles étaient désignées alors. Ils les cachaient, les aidaient, leur confectionnaient ces grimoires dans leur imprimerie. Peut-être même participaient-ils à leurs assemblées au cœur du bois. Si je me souviens bien, l'une des femmes de cette famille, Gwenaëlle, était particulièrement proche de la plus jeune Sorserez…

CHAPITRE 19

Ian

Un simple nom sur la page d'un livre et nous voilà réunis. Nous devions nous rencontrer. C'était écrit. Elle, amie des sorcières, moi, ennemi. Tout s'explique. Dès la première fois où je l'ai vue, j'ai su que quelque chose d'incommensurable m'attirait à elle. Comme si un mince fil de soie nous reliait sans que l'on puisse le distinguer. Transparent, flexible, mais résistant. Immuable.

Rien ne pourra m'empêcher de la retrouver. Ni Morgan, ni ces satanées frontières.

Morgan. Il faut que je la sorte de ses griffes avant que lui aussi ne se doute de quelque chose. Avant qu'il comprenne à son contact qu'elle n'est pas une simple Solaire.

— Que pouvons-nous faire, Mère ?

— Déjà, comprendre ses intentions. Qu'a-t-il dit précisément ?

— Il a parlé d'un projet. Qu'il avait besoin que je trouve un moyen qui lui permettrait de ne plus être coincé ici… répète Maelwen, inlassablement, les yeux rivés au sol.

— De quel projet parle-t-il ? Quel est son plan ? Que veut-il à la fin ? ne puis-je m'empêcher de hurler.

— Ian ! m'arrête d'un coup sec ma mère, impassible. Rien ne sert de s'emporter.

Je vois cependant dans ses yeux la flamme de la colère ronger son iris jusqu'à la cornée. Ses mains s'ouvrent et se ferment, tandis qu'elle arpente la pièce à la recherche d'une solution.

— Ce n'est pas la première fois que j'entends parler d'un tel projet, continue ma mère, en me fixant d'un regard noir pour m'intimer le silence. Il y a de cela de nombreuses années, il m'avait été rapporté que certains Lunaires avaient souhaité s'émanciper de leur condition. Reprendre leur place à la surface. Ne plus vivre cachés dans l'ombre, coincés sur leurs terres.

— Comment comptaient-ils s'y prendre ? se risque Maelwen.

— À l'aide d'une personne comme toi !

— Une… une… sorcière, s'étrangle Maelwen.

— Oui, jeune fille, vous n'êtes pas la première descendante à vous manifester !

— Mais comment… tenté-je à mon tour.

— De la même manière que vous deux, je présume. Lors d'une sortie à la surface, sûrement pour une de ces terribles parties de chasse dont les dissidents raffolent – le visage de ma mère se fige alors dans une moue écœurée avant qu'elle ne se reprenne – l'un d'eux est entré en contact avec une descendante dont les pouvoirs se sont révélés par la suite. Se rendant compte de ce qu'il se passait, ils ont tenté de la mettre à leur botte, espérant profiter ainsi de ses pouvoirs.

— Ont-ils réussi ? s'inquiète Maelwen.

— Pas que je sache. La sorcière aurait refusé et serait morte quelques jours plus tard. Depuis, je n'ai plus entendu parler de cette histoire.

— M…orte ? bégaye Maelwen.

— Oui.

— Comment ? L'ont-ils tuée ?

Posant une main sur son bras, je tente de la rassurer.

— Ne t'inquiète pas, Maelwen, nous veillerons sur toi. Il ne t'arrivera rien, je te le promets.

— Malheureusement, je n’en sais pas beaucoup plus, poursuit ma mère. Mais revenons à notre affaire, voulez-vous, l’heure tourne.

— Oui, vous avez raison, acquiesce Maelwen en se passant une main sur le visage.

— Concernant la jeune fille…

— Il a parlé de la mettre hors de notre portée, au-delà de nos frontières, l’informe-t-elle. Comment compte-t-il…

— LE TOMBEAU DE MERLIN ! hurlons-nous soudain d’une seule voix, ma mère et moi.

— Le tombeau de Merlin ? répète Maelwen en nous regardant, les sourcils froncés.

— Oui, le tombeau de Merlin. C’est un endroit sacré, à la limite de notre territoire et de celui de l’ouest. Son caractère magique en fait une zone neutre sur laquelle nous pouvons rencontrer nos voisins. Il en existe très peu placées précisément entre deux frontières.

— En quoi cela peut-il nous aider ?

— C’est une passerelle.

— Lili…

— Oui, elle doit s’y trouver, attendant qu’un de nos voisins et acolyte de Morgan ne vienne la récupérer. Si ce n’est déjà fait. Nous devons y aller au plus vite, Mère.

Jetant un œil soucieux vers l’horloge indiquant vingt-deux heures, ma mère acquiesce, nous exhortant de nous dépêcher.

Nous sortons sans plus tarder de la maison avant de prendre la voiture et de nous diriger à toute hâte vers la forêt.

Une fois sur place, nous entamons notre procession le plus silencieusement possible.

Le long manteau de laine de ma mère trace un sillon dans la terre meuble et fait virevolter les feuilles sur son passage, mais ne la freine en aucun cas.

Maelwen à mes côtés, nous la suivons, sans bruit, s’enfoncer dans la forêt majestueuse.

La lune éclaire à peine notre chemin, mais la force des années lui indique la route sans peine. Tournant et contournant les arbres, comptant le nombre de pas sur le sentier, avant de finalement filer droit devant.

Le trajet me semble une éternité tant j'ai hâte de revoir Lili. Maelwen frissonne près de moi. Son pas est plus hésitant, mais elle ne lâche pas et s'avance sans un mot entre les arbres. Je la regarde, admiratif, et lui lance un sourire d'encouragement. Elle me répond timidement avant de s'arrêter, pilant juste derrière ma mère.

Nous y voilà.

CHAPITRE 20

Maelwen
La tombe de Merlin.

Devant moi se dressent deux roches, l'une contre l'autre. Soutien éternel. Noyau d'un cercle protecteur.

Les arbres, tout autour, se penchent vers la sépulture, comme un dernier hommage. Rien ne vient gâcher la quiétude de l'endroit. Même les animaux semblent respecter ce lieu sacré.

Ce n'est pas la première fois que je viens ici, et pourtant cette visite est tout autre. Comme si je comprenais enfin toute la solennité de l'endroit. Comme si je prenais conscience de son aspect mystique.

Pouvais-je prétendre appartenir à la catégorie de ces êtres extraordinaires ?

Presque intimidée par les lieux, je n'ose avancer davantage.

Aénor, de son côté, s'approche de la structure de pierres à grands pas, passe derrière le premier monolithe et disparaît.

— Suis-moi, me murmure Ian.

Passant de l'autre côté à mon tour, je m'arrête interdite, ne sachant où aller. Mes deux guides ont disparu.

— Ian ? chuchoté-je.

— Ici.

— Je…

— Sous tes pieds.

Fixant mes chaussures, je finis par voir un passage au croisement des deux roches dissimulé en partie par des feuillages. Attrapant les herbes d'une main, je me faufile à mon tour dans ce trou béant.

L'air autour de moi est humide et froid. Mon souffle résonne et se liquéfie. Je ne peux m'empêcher de grelotter.

— Peu de personnes savent que l'entrée du tombeau est toujours ouverte.

— Tu y vas souvent ?

— Pas vraiment, mais nous y avons fait quelques réunions avec nos semblables.

— Tu penses que Lili se trouve ici ?

— J'espère. Je ne vois pas où il aurait pu l'emmener sinon.

— Maelwen ? m'interpelle Aénor en me tendant deux vieux flambeaux.

— Que ? Ah…

Me concentrant quelques secondes, je finis par faire surgir deux belles flammes dans les paumes de ma main.

— Merci.

Nous avançons prudemment à sa suite, nous frayant un chemin entre les pierres, tentant de ne pas tomber sur les roches glissantes. Soudain, l'espace se libère. Le sol devient sable. Une grande pièce s'ouvre devant nous.

M'arrêtant un instant, je prends le temps de contempler cette caverne gigantesque. Ce ventre creux de la terre qui s'ouvre à moi.

— Notre salle de réunion, me précise Ian en me désignant des rondins de bois posés à même le sol en guise de siège. Le tombeau est grand, elle peut être n'importe où.

— Va par là avec Maelwen, je pars de mon côté, décide Aénor.

— Mère, êtes-vous sûre…

— Ne discute pas, nous n'avons pas de temps à perdre, il fera jour dans quelques heures.

— Le tombeau est un vrai labyrinthe destiné à perdre celui qui oserait y pénétrer. Nous n'avons jamais trouvé le corps de Merlin dans ce dédale, m'explique Ian avant de m'entraîner dans un long couloir.

— Comment allons-nous trouver Lili ?

— Avec un peu de chance. Rien qu'un peu de chance. Et peut-être un peu de magie.

CHAPITRE 21

Ian

Cela fait maintenant plusieurs heures que nous avançons, parcourant couloirs et pièces, sans aucune trace de Lili. Maelwen dissémine régulièrement des petites boules de feu sur notre passage pour nous aiguiller dans ce dédale et nous éviter ainsi de tourner en rond. Je commence à perdre espoir, quand soudain…

— Ian, regarde ! Ça ne te semble pas bizarre cette petite boule rose dans le sable ? m'interpelle Maelwen en la saisissant pour la regarder de plus près.

— Un bonbon…

— Là, un autre ! Ils ont dû tomber de la poche de Lili quand ces brutes l'ont emmenée.

— Nous sommes sur la bonne voie !

Reprenant un peu confiance, nous poursuivons notre chemin lorsqu'un son, bien que ténu, pénètre mes oreilles.

— Par ici.

— Tu as entendu quelque chose ?

— Peut-être.

Tournant sur ma gauche, je me laisse guider par mes sens et pénètre dans une petite pièce dissimulée derrière un rideau de feuillage.

Levant ma torche pour éclairer le plus possible l'endroit, je manque de m'étrangler.

Au sol, un homme recroquevillé est attaché au mur par des chaînes. Ses habits sont en lambeaux et il semble ne plus avoir la force de se relever. Je m'approche et me jette à ses pieds.

Il tourne son visage vers moi, le regard vide.

Père.

La surprise passée, je me tourne vers Maelwen. Effrayée, elle est restée près de la porte, n'osant approcher.

— N'aie pas peur, c'est mon père.

— Ton père. Mais je croyais…

— Moi aussi… Pourrais-tu ?

De la main, je lui désigne les entraves sur lesquelles courent des racines d'If.

Maelwen se rapproche avec précaution, loin d'être rassurée par la situation. Je lui lance un regard d'encouragement lorsqu'elle lève un œil vers moi. Elle finit par se pencher sur mon père et le délivrer de ses liens de bois. Une fois l'If lancé à l'autre bout du couloir, je m'approche à mon tour et le délivre complètement.

Au bout de quelques minutes, mon père se redresse, reprenant peu à peu ses forces.

— Ian ? murmure-t-il.

— Oui ! Comment… ? Que… ?

Je ne sais par où commencer.

— Lili, avez-vous vu Lili ? me coupe Maelwen.

— Lili ? Je ne sais pas… J'ai entendu une fille… Qui êtes-vous ?

Complètement rétabli, mon père se relève et toise de toute sa hauteur Maelwen qui, effrayée, se recroqueville sur elle-même. Ayant pitié d'elle, je passe un bras autour de ses épaules et m'occupe des présentations.

— Une sorcière ! Ben dis donc, si on m'avait dit que ce serait une sorcière qui me sortirait de ce pétrin… La situation ne me dit rien qui vaille, dépêchons-nous de retrouver votre amie et mon abominable fils, nous prendrons le temps de discuter plus tard. Où est ta mère ?

— Quelque part ici… nous devrions la retrouver dans la salle de réunion.

— Ne perdons pas de temps ! exhorte mon père en repassant dans le couloir.

Après avoir parcouru un nombre incalculable de couloirs, nous retrouvons ma mère dans la grande salle. Seule.

— Abriel ? ABRIEL ! ne peut-elle s'empêcher de hurler, en courant vers lui avant de se jeter dans ses bras.

— Aénor !

Se jetant dans les bras l'un de l'autre, mes parents se couvrent de baisers. Je lance un regard gêné à Maelwen qui feint alors de regarder sa montre.

— Je suis tellement heureuse de te voir ! poursuit ma mère. Que…

— J'aimerais avoir le temps de tout te raconter, mais le temps presse, essayons tout d'abord de trouver la jeune fille.

— Tu as raison. Malheureusement, je n'ai rien vu de mon côté.

— Cela ne m'étonne guère… J'ai entendu une jeune fille, il y a quelques heures, sûrement lorsqu'ils l'ont traînée jusqu'ici. Elle hurlait. Je n'ai rien pu faire. J'ai essayé… Ils ont dû l'emmener ailleurs. De l'autre côté.

— Ne vous reprochez rien. C'est lui le sal…

— Ian ! me corrige ma mère.

— Il n'a pas tort, Aénor. Il nous faut accepter notre défaite. Morgan n'est plus le gentil petit garçon que nous avons connu. Son humanité disparaît peu à peu pour laisser place à son animalité. Nous savions que cela pouvait arriver. Nous y avons été préparés, maintenant nous devons arrêter de nous lamenter et agir.

— Aller jusqu'à enlever son propre père ! J'ai cru t'avoir perdu pour toujours ! gémit ma mère, le visage recouvert de larmes.

— Moi aussi, souffle Abriel, déposant un baiser sur ses lèvres tremblantes.

L'un contre l'autre, figés dans une étreinte passionnelle, je ne peux m'empêcher de les envier. À mes côtés, Maelwen pleure en silence. Délicatement, je lui saisis la main et la serre entre mes doigts. Rassurant. Protecteur. Elle semble comprendre mon attention et redresse la tête avant d'essuyer ses larmes d'un geste vif.

— Partons à sa recherche !

— Comment allons-nous faire pour passer de l'autre côté ? demandé-je.

— Je crois que la clef se trouve entre tes doigts, répond-il en désignant la main de Maelwen glissée dans la mienne.

— Le grimoire… Morgan avait donc vraiment tout prévu…

CHAPITRE 22

Maelwen

Je ne vais jamais y arriver.

Allongée sur mon lit, je parcours pour la millième fois au moins les délicats feuillets du grimoire familial. Et rien. Je ne comprends rien et ne sais comment trouver une formule qui permettrait de leur rendre leur liberté. Tous les signes se mélangent sous mes yeux. Rien n'a vraiment de sens.

Je fatigue, mes paupières se ferment, mais je ne dois pas lâcher. Lili compte sur moi.

— Besoin d'aide ?

Ravalant un cri, je regarde Ian franchir sans peine la fenêtre de ma chambre.

— Que…

— Je me suis dit qu'on ne serait pas trop de deux pour venir à bout de ce gros bouquin.

— C'est vrai que ce n'est pas de refus.

Soulagée de le voir à mes côtés, je sens également une douce chaleur monter à mes joues. Que m'arrive-t-il ? Ce n'est pourtant pas la première fois que je me retrouve avec Ian en tête-à-tête, ces derniers temps. Je suis ridicule de me sentir gênée face à lui.

Sentant sans doute mon trouble, Ian me lance ma robe de chambre qui traînait dans un coin.

— Ce n'est pas le moment d'attraper froid.

— Merci, soufflé-je en la passant sur ma chemise de nuit.

— Alors ? Tu as pu trouver quelque chose ?

— Pas vraiment. Je suis seulement convaincue qu'il s'agit d'un mélange de latin et de breton…

— Je peux ? me demande Ian en désignant l'ouvrage.

— Je t'en prie.

Prenant le livre entre ses mains, Ian effleure les miennes au passage. Un frisson m'envahit. *Maelwen* ! me réprimé-je en silence.

— Effectivement. Si seulement je me souvenais de la malédiction…

— Nous aurions uniquement besoin de quelques mots, ensuite nous pourrions procéder par élimination.

— Tout s'est passé si vite. Il était question de ténèbres… de frontières…

— Comment dit-on ténèbres en breton ?

— *Noz.*

— Frontières ?

— *Harz.*

Je sens son regard posé sur moi alors que je tourne fébrilement les pages à la recherche de ces mots-clefs. Mon cœur s'accélère, mais je me reprends. Quels mots je dois chercher déjà ? Ah oui, *noz*…

— Voilà, dis-je en désignant une page du doigt.

— *Captivi noz, captivi harz, Neque marv neque buhez*, déchiffre Ian précautionneusement.

— Ce qui signifie ?

— Des ténèbres, vous serez prisonniers, de vos terres encerclés. Ni la mort, ni la vie ne trouverez.

— J'ai bien l'impression qu'il s'agit de ta malédiction.

— Ma malédiction…

Ému, Ian ne peut s'empêcher de lire encore et encore la page maudite. Source de toutes ses souffrances.

— Des ténèbres, vous serez prisonniers… ça expliquerait pourquoi les portes s'ouvrent à la nuit tombée… lorsque vos ténèbres deviennent les nôtres…

— Ian, je ne pense pas pouvoir lever la malédiction dans son intégralité. Je ne suis pas assez forte et ça pourrait être dangereux… On ne sait pas du tout ce qu'il en ressortirait.

— Je sais, Maelwen. Je sais.

Je lis dans son regard plus que de la déception. Une immense tristesse. Une once de doute aussi.

— Ne prends pas ce risque. Essayons déjà de t'en soulager d'une partie. De te libérer de ces chaînes qui te clouent sur ces terres.

— As-tu une quelconque idée de comment procéder ?

— Aucune. Seule est indiquée la manière de jeter la malédiction… Ce n'est pas vraiment…

— Non, pas vraiment… Nous n'avons donc pas une minute à perdre !

S'installant à mes côtés, Ian me jette un regard plein d'espoir, mais aussi plein de chaleur.

Je resserre le peignoir contre moi et baisse les yeux, gênée. Me penchant de nouveau sur l'ouvrage, je ne peux empêcher mon cœur de battre à tout rompre.

Attention, Maelwen, attention, me susurre une petite voix dans ma tête.

Attention à quoi ? Je ne fais rien de mal après tout, me rassuré-je intérieurement.

— Prête ? me questionne Ian.

— Prête !

QUELQUE PART EN BROCÉLIANDE

1605

Les femmes savaient que le temps leur était compté. Ce n'était plus qu'une question d'heures ou de minutes.

Le clan s'était réuni pour mettre au point les derniers éléments du plan. Les femmes étaient conscientes qu'elles n'avaient que peu de chances de s'en sortir alors elles ne laisseraient pas ces monstres indemnes.

Cette vengeance ne serait pas sans conséquences, mais elles étaient déterminées.

Si un jour on venait leur demander réparation pour ce qu'elles avaient fait, alors elles aviseraient. Pour le moment, seule la vengeance comptait. Rien d'autre.

Madalen regarda une dernière fois le ciel avant d'entendre leurs bottes frapper durement la terre. Ils arrivaient. Rien ne servait plus de courir. Ses sœurs et elle étaient encerclées.

Ils hurlaient, éructaient de joie en les voyant ainsi rassemblées, à leur merci.

Toutes restaient dignes et fières. Ne voulant leur offrir le plaisir de les voir apeurées. Elles pensaient à ce qu'eux allaient endurer par la suite, et cela suffisait à les apaiser.

L'injustice étranglait néanmoins la gorge de Madalen qui se demandait pourquoi ils ne les laissaient pas tout simplement tranquilles. Elles ne faisaient rien de mal, si ce n'était faire ce pour quoi elles étaient nées : de la magie.

La peur de l'autre restera toujours le plus grand des maux. Et ses sœurs et elles allaient payer pour cela. Mais eux aussi.

Un homme la saisit par la taille, soufflant sa haine dans son cou, et la traîna sur plusieurs mètres vers une clairière où il l'attacha sans ménagement sur un poteau qu'ils avaient spécialement installé sur la scène de leur crime.

Tous étaient rassemblés autour d'elles.

L'allégresse et l'excitation irradiaient sur leur visage, tandis que leurs mains allumaient les torches.

Madalen ne put réprimer un haut-le-cœur.

Elle eut une dernière pensée pour sa fille avant qu'ils n'allument le bûcher, lui souhaitant plus que tout de trouver le bonheur et la liberté.

Frankiz

CHAPITRE 23

Ian

Cinq heures du matin. À mes côtés, Maelwen s'est endormie paisiblement. Je regarde son visage. Doux. Délicat. Enfantin. Faites que rien ne lui arrive à elle aussi. J'ai l'impression de l'embarquer dans un jeu dangereux où magie et mort se côtoient. Peut-être devrais-je plutôt trouver une autre solution pour sauver Lili et ne pas prendre le risque de blesser Maelwen aussi. Peut-être devrais-je partir tout simplement et ne plus jamais revenir. La laisser en paix. Lui laisser une chance de retrouver une vie normale. Mais je ne peux pas. Je ne peux pas la laisser. Pas elle. Elle est notre porte de sortie. Celle qui peut sauver Lili. Celle qui peut me sauver de cette prison.

— Ian, murmure Maelwen à mes côtés. Je me suis endormie ?

— Un peu, rigolé-je amusé de la voir se frotter les yeux comme une enfant, les cheveux en bataille tout autour de son visage.

— Ce n'était donc qu'un rêve.

— Comment ça ?

— J'ai vu ma grand-mère.

— Une sorte de vision ?

— C'est ce que je pensais, mais peut-être s'agissait-il d'un simple rêve.

— Que te disait-elle ?

— C'était assez confus. Elle me parlait du grimoire et d'un verrou qu'il fallait retirer. J'avoue ne pas comprendre. Il s'agissait sans doute d'un simple rêve. D'une association d'idées. Quelque chose d'inconscient.

— D'un verrou ?

— Oui. Elle répétait sans cesse un mot : *Frankiz, Frankiz, Frankiz.*

— Liberté, Liberté, Liberté ! Il ne s'agissait pas d'un rêve, mais bien d'une vision. Ta grand-mère vient de te donner une piste pour modifier la malédiction.

— Seulement avec un mot ?

— Peut-être que si tu le prononces, tout en te concentrant sur les paroles de la malédiction, celle-ci sera en partie levée.

— Essayons, nous n'avons rien à perdre.

Maelwen récupère le grimoire tombé au pied du lit et l'ouvre à la page concernée.

— *Captivi noz, captivi harz, Neque marv neque buhez, Captivi noz, captivi harz, Neque marv neque buhez*, murmure-t-elle, avant d'énoncer le mot-clef à haute et intelligible voix.

— *Frankiz*, ne puis-je m'empêcher de murmurer également, comme pour lui prêter main-forte.

— Alors ? Tu te sens… différent ?

— Pas vraiment, soufflé-je, déçu.

— Tu penses que ça a marché ? Je veux dire, je n'y connais rien encore en malédiction, ni vraiment en magie en général, mais il ne devrait pas se produire quelque chose lorsqu'un sort est jeté ou levé ? Genre, un tourbillon qui s'élèverait au-dessus de nos têtes ou un coup de tonnerre ?

— Tu veux dire, comme dans les films ? dis-je en souriant.

— Bah ouais… Parce que là, ce n'est pas très flagrant. Peut-être que je devrais… Non, je ne pense pas que ça change quoi que ce soit.

— Peut-être que tu devrais quoi ?

— Je sais pas, je lance ça comme ça, à tout hasard. Peut-être que ça ne changera rien, mais après tout, on ne perd rien à essayer…

— Maelwen ?

— Peut-être que je devrais te tenir la main quand… Enfin tu vois, quand je dis la formule.

— Oui, pourquoi pas. Après tout, c'est toi la sorcière, dis-je en lui tendant la main.

Je sens alors celle de Maelwen glisser sur ma paume. Douce et chaude. Elle me sourit et ferme les yeux pour se concentrer.

CHAPITRE 24

Maelwen

Sa main dans la mienne, je m'exhorte à rester concentrée sur ma formule. Mon pouls s'accélère. Vais-je seulement y arriver ?

— *Frankiz* ! lâché-je d'un coup en ouvrant les yeux, le regard fixé dans celui de Ian.

— Rien de plus… constate-t-il, déçu.

— C'est pas franchement une réussite.

Nos mains toujours entrelacées, il tourne la tête vers la fenêtre de ma chambre.

— Le soleil ne va plus tarder à se lever. Il faut que je rentre ou je risque de me retrouver bloqué.

— Très bien, acquiescé-je en lâchant sa main avec regret. Je te tiens au courant si je trouve une autre idée.

Un dernier signe de la tête et le voilà qui disparaît derrière la porte, me laissant seule avec mes pensées.

— *Frankiz, Frankiz, Frankiz…* qu'allais-je bien pouvoir faire avec ça ?

Caressant ma main encore chaude, je me rallonge et fixe le plafond de ma chambre.

— Grand-Mère, aide-moi ! Que dois-je faire pour sauver Ian ? Et Lili… Mon amie. Je ne t'oublie pas. Promis ! Je vais tout faire, nous allons tout faire pour te sauver des griffes de ce monstre. Grand-Mère, je t'en prie, guide-moi !

Comme un fait exprès, le grimoire glisse de ma couette et tombe lourdement au sol, me sortant de ma rengaine. La surprise passée, je me penche et le saisis d'une main en me contorsionnant dans mon lit.

— J'espère que je ne t'ai pas abîmé…

Je regarde la page révélée par la chute. Toujours ce même mélange de breton et de latin. J'aurais mieux fait de suivre mes cours en classe, ça m'aurait évité de n'y voir qu'un ensemble de mots dénués de sens. Sur le point de refermer le livre pour retourner me coucher, je suis saisie d'un doute.

Je me lève prestement de mon lit, me dirige vers mon bureau et fouille avidement dans les tiroirs.

— Ah, vous voilà !

J'étale d'un côté de mon bureau mes deux dictionnaires et de l'autre le grimoire.

— À nous quatre !

Dès les premiers mots traduits, je me rends compte que mon intuition était la bonne. La page explique précisément comment lever une malédiction. Pile dans la tendance actuelle !

— Merci Grand-Mère, murmuré-je.

D'après ce que j'avais compris (après un travail quelque peu fastidieux, je le reconnais), il me fallait écrire la malédiction sur un bout de papier, la lier à un second sur lequel serait inscrit ce que nous désirions, avant de brûler l'ensemble puis de déposer dans les cendres un élément représentant cette décision. Facile ! Enfin, concernant la partie écriture parce que pour ce qui est de l'élément à trouver, je n'en ai, à vrai dire, aucune idée.

Ian répond à mon message envoyé quelques minutes auparavant.

| Un symbole de liberté, tu dis ?

Sur le point de m'habiller, après une douche bien méritée, je pose ma serviette sur mon bureau et écris à mon tour.

| Oui, à déposer sur les cendres.

| Je n'en ai aucune idée, malheureusement… mais c'est déjà bien, nous avançons. J'y réfléchis de mon côté et je te tiens au courant. À plus tard !

Je tape, un sourire aux lèvres.

| À plus tard.

Lili, nous sommes sur la bonne voie, tiens bon !

CHAPITRE 25

Ian

Un élément, symbole de liberté… Ça pourrait être tellement de choses. Mais si peu à la fois.

Le front collé à la fenêtre de ma chambre, j'essaye de chasser son image qui m'obsède pour essayer d'y voir plus clair. Je donnerais tout pour qu'elle soit près de moi, maintenant… Si seulement elle pouvait m'entendre. Je suis sûre qu'elle aurait déjà trouvé.

— Réfléchis, Ian, réfléchis, m'exhorté-je en me cognant doucement la tête contre la vitre.

Mon téléphone se met à vibrer. Nouveau message de Maelwen :

| Peut-être devrions-nous chercher du côté des quatre éléments.

Les quatre éléments… L'eau, la terre, le feu, le vent… Si la terre nous tient prisonniers alors peut-être que…

| L'eau !

Message envoyé à Maelwen tout en recevant un message identique de sa part.

| Bien joué, tu es fantastique !

J'ajoute euphorique.

| Rejoins-moi dès que la nuit tombe et nous essayerons.

— Je te retourne le compliment… À ce soir !

Je passe le reste de ma journée à tourner en rond, incapable de tenir en place. Le temps s'égrène au ralenti, transformant les minutes en heures et les heures en éternité. Sombre, astre solaire et laisse-moi la retrouver !

Alors que je n'y croyais plus, j'entends frapper à la porte d'entrée. Je me rue sur elle, priant pour que le mécanisme soit ouvert.

— Maelwen, soupiré-je rassuré de la voir enfin.

Elle semble déroutée par mon enthousiasme et rougit.

— Salut, murmure-t-elle en baissant les yeux.

— Tu as tout ce qu'il faut ?

— Oui, je pense. L'eau est en provenance directe de la fontaine de jouvence, on ne peut pas faire plus mystique.

— Très bon choix ! Allons plutôt dans le salon, ajouté-je en voyant Maelwen se diriger vers l'étage. Mes parents ne voudraient en aucun cas rater ce moment.

— Espérons que ça fonctionne…

— Il n'y a pas de raison.

Voulant la rassurer, je passe un bras autour de ses épaules et l'amène jusqu'au salon où mes parents nous attendent.

— Bonjour, jeune fille, lance mon père. Ou plutôt devrais-je te souhaiter la bonne soirée.

Ma mère, à ses côtés, nous sourit.

Face à eux, Maelwen se raidit, intimidée et, instinctivement, se rapproche de moi. Je raffermis ma prise sur son épaule pour lui signifier qu'elle n'a rien à craindre, mais continue de sentir son cœur battre fébrilement dans sa poitrine.

— N'aie pas peur. Je suis sûr que tout va bien se passer. Pour tout le monde, ajouté-je dans un clin d'œil pour lui tirer un sourire.

— Bonne soirée à vous, lance-t-elle alors gauchement après s'être éclairci la voix.

Elle place sur la grande table du salon un récipient en granit dans lequel elle dépose deux petits papiers. Sur l'un est calligraphié de noir la malédiction et sur l'autre le mot « *Frankiz* ». Approchant une flamme d'une main tremblante, elle y met le feu. Les deux papiers se consument quasi instantanément. Maelwen débouche alors la petite bouteille contenant l'eau et la déverse précautionneusement dans le récipient.

Une flamme bleue, haute d'un mètre au moins, se met alors à danser au-dessus de la coupelle. Pris de court, nous reculons. La flamme s'étire et se dirige vers mon père avant de l'envelopper. Vient le tour de ma mère. Puis le mien.

Maelwen s'écarte. Sa bouche déformée par un cri silencieux. Paniquée.

Je tente de lui sourire alors que la chaleur du feu me lèche entièrement le corps. Je ne ressens aucune douleur. Seul un grand sentiment de liberté m'envahit. Comme si l'on venait de consumer mes chaînes.

Le feu finit par s'éteindre et déjà, sans même leur parler, je lis dans les yeux de mes parents qu'eux aussi ressentent la même chose que moi. Dès que la flamme disparaît complètement, je me jette dans les bras de Maelwen et l'embrasse ardemment sur la joue. Reconnaissant.

— Nous avons bien fait de participer, commente mon père avec malice.

— Merci, Maelwen, ajoute ma mère en posant sa main sur son bras.

— Oh… heu… de rien.

Encore sous le choc, elle n'a de cesse de nous regarder.

— Nous allons bien, je t'assure. Plus que bien, même ! la rassuré-je.

— Ça a marché alors ?

— Oui ! Je peux le sentir ! Nous sommes libres ! Plus rien ne m'empêche maintenant de retrouver Lili.

— Ne perdons pas de temps, fils. Elle peut être n'importe où de l'autre côté des frontières. Il faut faire vite avant que Morgan se rende compte de ce qu'il nous arrive.

— J'ai aussi libéré Morgan ? hurle Maelwen horrifiée en me regardant.

— Il y a de fortes chances. Nous sommes tous liés par la même malédiction. Le coup des flammes a dû lui mettre la puce à l'oreille, dépêchons-nous avant qu'il ne déplace Lili.

— Nous n'avons qu'une petite fenêtre de tir avant que Morgan ne l'emmène au-delà du territoire voisin, comprenant que les frontières ne sont plus en vigueur. Le clan Kerael n'a pas de deuxième territoire neutre sur ses frontières. Il a forcément dû la cacher quelque part à l'intérieur de leurs terres. Enfin, jusqu'à ce que… ajoute-t-il à l'attention de Maelwen.

— Nous n'avons plus de temps à perdre ! Je nous laisse jusqu'au lever du jour avant que la sorcière n'inverse à nouveau la malédiction, ajoute ma mère.

— Quoi ?

Maelwen me lance un regard interrogateur.

— Bien sûr, c'était convenu avec mes parents depuis le début. Nous ne pouvons pas prendre de risque. Tous ne sont pas aussi civilisés que nous. Tu en as eu un bon exemple avec Morgan.

— Vous vous sacrifiez… pour eux ?

— Pas pour eux. Pour vous. Pour toi. Pour Lili. (Je ravale ma tristesse et tente de lui sourire. J'aurais tellement aimé ne pas revenir en arrière.) Mais nous sommes déjà très heureux d'avoir une nuit de complète liberté. Tu ne peux pas imaginer le bonheur que ça nous procure de pouvoir au moins une fois franchir nos terres.

— Je vais tout faire pour vous sortir de là et ne libérer que vous. Rien que vous. Rien que toi…

— C'est gentil, mais en attendant il faut que tu réunisses les éléments qui permettront de rétablir la malédiction originelle. Je pense que la terre de Brocéliande devrait faire l'affaire. Celle près de la vieille souche dans laquelle tu as trouvé le grimoire me semble parfaitement appropriée.

— Je ne viens pas avec vous ?

— Non, pas cette fois-ci. Tu dois rester en sécurité ici. C'est après toi que Morgan en a. Il a réussi la première manche, je ne lui laisserai pas remporter la deuxième et surtout pas la bataille.

— Allons-y, coupe mon père.

CHAPITRE 26

Lili

— Je crois que ta petite copine la sorcière a bien travaillé, m'interpelle Morgan en entrant dans ce que je pense être une cellule.

Après avoir été traînée hors de ma prison et jetée dans les bras d'un autre groupe aussi détestable que celui formé par Morgan et ses acolytes, j'ai été de nouveau enfermée dans un lieu sombre et glacial. Attachée à même le sol. Seule et terrifiée.

— Comment ? Je croyais que…

Morgan. Ici ? Comment est-ce possible ?

— Tu croyais, tu croyais ! Mais tu ne sais pas tout, ma jolie !

Un sourire malicieux s'étire sur son visage.

— Vois-tu, ma belle, le clan Bothoell est désormais libre ! Oui, libre ! Et ce, grâce à ta chère amie. Enfin, ne lui jetons pas tous les lauriers quand même, car n'oublions pas que je l'ai fortement incitée à suivre cette voie, n'est-ce pas, mes amis, ajoute-t-il en leur lançant un clin d'œil.

— Bien joué ! lance Alban.

— Qu'allons-nous faire de cette nouvelle liberté ? intervient son ami blond, Tristan je crois.

— Allons-nous nous débarrasser de la fille ? supplie Alban, excité par cette perspective.

— Je peux m'en charger si tu veux, propose Tristan.

— Nous ne lui ferons rien. Enfin… pour le moment, répond Morgan en me jetant un regard sarcastique.

— Pourquoi ça ? demandé-je, insolente.

— Parce que tu restes notre monnaie d'échange, voyons. La sorcière n'a œuvré que pour une partie du plan. J'ai besoin qu'elle arrive jusqu'à moi pour lui demander gentiment de répondre à ma deuxième requête.

— Qui est ? demandé-je, écœurée.

— Tu le sauras bien assez tôt.

Tout en rigolant, les trois compères quittent ma cellule, sans même un regard pour moi.

Qu'as-tu fait, Maelwen ? Sais-tu au moins que tu as libéré un groupe entier de monstres qui va s'en donner à cœur joie ? Tout ça pour me sauver… Moi, pauvre Solaire, comme ils ne cessent de me le répéter. Et toi, Ian, n'as-tu rien fait pour l'arrêter ? L'as-tu même aidée ? Aveuglé par l'amour que tu me portes.

Tout est de ma faute. Encore une fois. Fallait-il seulement que je le rencontre… Sans moi, tout ça ne serait jamais arrivé.

J'essuie avec rage les larmes qui coulent sur ma joue. Je ne peux pas laisser faire ça. Il faut que j'agisse. Que je me sauve d'ici. Que j'empêche Morgan de réaliser son plan.

Pour couronner le tout, Morgan m'a volé mon collier pour « l'examiner » comme il le prétend. Tout ça ne me dit rien qui vaille. Je suis sûre que ce collier a quelque chose à voir dans toute cette histoire. Que c'est une sorte de clef que je ne dois surtout pas laisser entre les mains de l'autre taré.

Une nouvelle fois, je saisis mes chaînes d'acier et tente de me libérer.

Qu'est-ce que j'espérais ? Je n'ai pas la force de Ian. Je suis ridicule. Si seulement j'avais mon portable pour le prévenir.

Je hurle de rage, mes cris résonnent dans la pièce. Je me bouche les oreilles, mais ne m'arrête pas. Plus rien n'a d'importance. Je crie et pleure à la fois. Tape des pieds sur le sol sablonneux.

Épuisée, j'attrape mes jambes pour contenir mes tremblements. Je tire sur mon pantalon. Enroule mes doigts dedans. Quand soudain une douleur fulgurante me saisit à la main.

Du sang goutte sur le sol, marquant de son empreinte écarlate cette prison glaciale.

Je regarde mon pantalon et en détache une épingle à nourrice, encore en partie attachée à mon ourlet.

— C'est vrai que je n'avais pas eu le temps de te recoudre toi, murmuré-je ravie de cette découverte en faisant tourner l'objet dans mes mains.

Prenant une profonde inspiration, je glisse l'épingle dans le verrou de la chaîne et tourne délicatement dans un sens, puis dans un autre, jusqu'à sentir le déclic qui me libère.

— Merci, Erwann, soufflé-je en constatant que sa technique enseignée quelques mois plus tôt avait porté ses fruits.

Je sors délicatement ma cheville de son entrave et tente de me lever. La tête me tourne, mais je parviens tout de même à réaliser quelques pas. Je fais le tour de la pièce et constate que, plus qu'une cellule, il s'agit en réalité d'une cave. Tout au fond de cette pièce, dans un coin sombre, se trouvent quelques étagères sur lesquelles s'amoncellent des objets en tout genre. Des meubles et des jouets mis au rebut. Des choses dont plus personne n'attend rien. L'ensemble est couvert de poussière. Je prends dans mes mains un ourson confectionné à partir de morceaux de tissu et manque de m'étouffer. Je recule d'un pas pour prendre une bouffée d'air.

Où suis-je ?

Une petite lucarne placée assez haut sur le mur déverse une douce lumière de lune. Je prends une cagette en bois et grimpe dessus pour tenter de me situer.

Une clairière et au loin des arbres. Beaucoup d'arbres. Je tente de pousser la vitre sans bruit. Elle résiste un temps avant de lâcher sous la pression de mes doigts. L'air frais de la nuit s'engouffre dans mes narines et me réveille. Je pousse sur mes bras, soulevant mon corps meurtri, et passe avec difficulté par le petit espace qui m'est offert.

Me voici enfin libre.

Mais pour combien de temps ?

CHAPITRE 27

Ian

— Tu es sûr qu'elle se trouve là-bas ? me demande une nouvelle fois mon père alors que nous parcourons la forêt de l'autre côté de la frontière, sur le territoire Keravel.

— Certain. Je connais un peu les dissidents du clan. Ils n'auraient jamais pris le risque de la cacher chez eux. Tout comme Morgan, ils ont beaucoup de colère, mais peu de courage et surtout aucun honneur.

— Je suis d'accord avec Ian. Quoi de plus facile que de cacher quelqu'un dans cette immense forêt. Surtout quand on manque de temps pour trouver une cache plus sûre.

— Très bien. Séparons-nous alors. Nous manquons de temps nous aussi.

CHAPITRE 28

Lili

Une fois remplie de cette nouvelle liberté, je me retourne et contemple ce qui a été ma prison durant ces dernières heures. Une simple cabane en bois. Dans une clairière. Perdue dans une forêt. Je suis presque déçue. Je m'attendais à quelque chose de plus… mortel de leur part.

Par contre, impossible de partir sans mon collier !

Je fais discrètement le tour de la maison pour repérer mes ravisseurs. Mon cœur bat à tout rompre, je ne dois faire aucun bruit. Je retire mes chaussures pour atténuer encore plus la résonance de mes pas.

Je finis par apercevoir Morgan et ses amis, dehors, près de la porte d'entrée. Ni une, ni deux, je me faufile par l'une des fenêtres située sur le flanc gauche de la maison et pénètre dans ce qui semble être la pièce principale.

Je me fais encore plus petite. Les éclats de voix me parviennent depuis la porte restée entrouverte. Je n'ai pas droit à l'erreur. Par chance, je tombe rapidement sur mon collier, resté à l'abandon sur la table basse. Je le glisse dans ma poche et repars sans un bruit, récupérant mes chaussures au passage.

M'assurant une dernière fois que personne ne me voie, je me dirige furtivement sous la coupe des arbres.

Sans lumière autre que celle de la lune, ni GPS (maudit portable, pourquoi n'es-tu pas resté dans ma poche !), je n'ai plus que mon instinct pour m'indiquer la voie à suivre. Espérons que cette fois-ci, il ne me fasse pas défaut.

CHAPITRE 29

Ian

Lili, ma douce Lili. Tu ne peux imaginer comme je m'en veux. Sans moi…

Je vais te retrouver.

Je vais le retrouver et lui faire payer ce qu'il t'a fait. Ce traître. Ce… argh ! Comment a-t-il pu ?

Sentant la colère monter, je frappe dans un arbre à proximité, manquant de le déraciner. Mes pas sont lourds. Je ne prends même plus la peine de me faire discret. Après tout, qu'il m'entende et qu'il vienne me trouver. Je lui montrerai de quoi je suis capable.

CHAPITRE 30

Lili

Un bruit sourd résonne non loin de moi. Je me fais encore plus petite. Des pas approchent. Je dois m'enfuir !

CHAPITRE 31

Ian

Mon instinct me dit que j'approche du but. Je la sens, apeurée. J'accélère le pas.

CHAPITRE 32

Lili

Il est de plus en plus proche. Je n'ose regarder.

Plus que trois mètres.

Deux mètres.

Un mètre.

Je me tapis en silence. Tentant de calmer ma respiration saccadée.

Peine perdue… Ses pas se précipitent à ma suite !

Je n'ai pas été assez rapide !

J'imagine ses yeux fouiller les branchages. Son odorat aiguisé ne va pas tarder à me repérer !

Je me roule en boule en attendant que tout se termine.

— Ah, mais voilà notre fugitive ! Tu croyais vraiment pouvoir nous échapper ?

— Laissez-moi, hurlé-je en me débattant.

— Au contraire, serrez plus fort, mes amis, j'ai l'impression que nous tenons une vraie anguille.

Des rires gras résonnent dans mes oreilles et des mains enserrent mon corps de toutes parts.

— Tu n'étais pas bien avec nous ? Sommes-nous de mauvaise compagnie ?

— Aucun mot n'est assez fort pour t'exprimer ce que je ressens, éructé-je avant de lui cracher à la figure.

— Voyez-vous ça, répond-il en s'essuyant le visage délicatement. Emmenez-la, ajoute-t-il à l'adresse de ses comparses.

— Laissez-la ! hurle alors une voix à travers les arbres.

— Qui… Ian ! Mon frère ! Mais joins-toi à nous, je t'en prie.

— Espèce de…

Ne prenant même pas le temps de finir sa phrase, Ian se jette sur Morgan et lui assène de grands coups. Répondant à son tour, Morgan le jette au sol où un véritable combat s'engage. Mes deux gardes ne savent que faire, hésitant entre prêter main-forte à leur maître ou me maintenir sous leur coupe.

— Ça suffit, tonne une nouvelle voix.

— Morgan, Ian ! Obéissez à votre père !

— Mère. Père ! s'exclame, étonné, Morgan en se relevant. Père, laissez-moi vous expliquer, tente-il en se précipitant vers lui.

— Il n'y a rien à expliquer. Tu n'es plus mon fils.

— Père !

— Libère la jeune fille. Immédiatement !

Je sens les mains de mes mercenaires hésiter un moment, puis finir par relâcher toute contrainte, répondant au claquement de doigts de Morgan.

Libre, je cours vers Ian qui me prend dans ses bras.

— Lili ! Je suis tellement heureux de te retrouver. Si tu savais…

— Chut, lui intimé-je en déposant un baiser sur ses lèvres.

Une fois la joie de le revoir et la douceur de son baiser passées, je ne peux m'empêcher de repenser aux conséquences de ces retrouvailles.

— Tu n'aurais jamais dû, lui chuchoté-je.

— Bien sûr que si.

— Mais la malédiction… Vous les avez libérés aussi.

— Je sais. Mais plus pour longtemps.

— Oh… Maelwen ?

— Oui, elle nous attend. Tout doit redevenir comme avant. Pour le bien de tous.

À la fois triste et rassurée, je me jette à nouveau dans ses bras. N'aurons-nous jamais la chance de vivre normalement ?

— Ne me fais plus jamais l'affront de ta présence ! tonne le père de Ian, chassant son fils de sa vue.

— Vous n'en avez pas fini avec moi ! Surtout toi, Ian et ta sale Solaire ! Je te promets de revenir. Et plus vite que tu ne le crois ! crache Morgan au loin, avant de se perdre à travers les arbres.

Une fois Morgan parti, Ian se tourne vers son père, prenant soin de me serrer contre lui, et procède aux présentations d'usage :

— Père, je te présente Lili. Lili, voici mon père, Abriel.

— Enchanté.

— De même ! J'ai beaucoup entendu parler de vous, affirmé-je dans un sourire malgré mon étonnement de le trouver ici. Je vous remercie sincèrement d'avoir fait tout ça pour moi.

— C'est normal. Les ennemis de mon ennemi sont mes amis, me glisse-t-il dans un clin d'œil.

Je questionne Ian du regard qui me fait comprendre d'un geste qu'il m'expliquera tout.

— Venez, il est temps de partir, ajoute Abriel en prenant la tête du groupe.

Nous sillonnons à travers les arbres et je ne me lasse pas de sentir la main de Ian dans le creux de la mienne. Il m'a tellement manqué.

Il profite du trajet pour me raconter ce qui est arrivé à son père, le rôle de Morgan dans cette histoire et la manière dont il m'a retrouvée grâce à Maelwen.

On peut dire qu'ils n'ont clairement pas chômé sans moi !

CHAPITRE 33

Morgan

La petite peste ! Elle a repris le collier en plus !

— Bande d'abrutis, je vous avais dit de l'avoir à l'œil !

— Mais, boss…

— Oh, tais-toi Alban ! Hors de ma vue, les deux guignols !

Comment je vais faire sans moyen de pression, moi maintenant ! Et sans ce médaillon… J'en suis convaincu désormais, la Solaire n'est pas aussi futile qu'elle en a l'air. Du moins, ce qu'elle porte autour de son cou ne l'est pas…

C'est bien beau d'être libre, mais si je n'arrive pas à mettre en œuvre la suite de mon plan…

C'était pourtant simple : ne plus être prisonniers de nos frontières, rassembler les Lunaires acquis à la cause, reprendre notre place à la surface en remplaçant tous ces… ces… *autres* par des gens comme nous.

Parfait. Ce plan était parfait ! Si seulement l'autre cruche ne s'était pas fait la malle.

Des années que je prépare ce projet. Et tout ça pour quoi ? Pour qu'il soit ruiné en deux secondes par cette pimbêche.

C'est simple, depuis que j'ai entendu ma mère raconter cette histoire de sorcières à mon père, j'ai compris qu'il existait un moyen. Un moyen de reprendre la place qui nous a été volée. La place que nous méritons. La force et l'immortalité en plus, ça va sans dire. En même temps, on mérite bien un petit cadeau en réparation du préjudice subi, non ?

Pour ceux d'entre nous qui ne seraient pas d'accord, un bon pieu d'if dans le cœur et le tour est réglé. Abriel a bien de la chance d'être mon père… Quelle idée de venir fureter dans mes affaires. Des années que je dois canaliser Alban et Tristan pour ne pas qu'ils le tuent. L'empêcher de nuire à nos plans, c'est la seule chose que je veux. Mais apparemment, ça aussi c'est raté. Merci à mon abruti de frère ! Pourquoi ne veut-il toujours pas comprendre que sa place est là-haut, avec moi ? Pourquoi rester caché quand on peut régner sur le monde ?

CHAPITRE 34

Lili

Sur le bord du chemin, près de chez moi, Ian n'a de cesse de me passer la main dans les cheveux, tout en m'embrassant.

La nuit a été éprouvante, à l'image de ces dernières heures.

À peine arrivée chez Ian que Maelwen me sautait à la gorge, en larmes, avant de se précipiter dans le salon pour rétablir la malédiction, sur les ordres d'Abriel.

C'est avec une profonde tristesse que j'ai observé Ian enveloppé dans une grande flamme dorée, essayant de me sourire sans grande conviction.

Vient ensuite le temps de remonter à la surface, seuls, et de tout se dire dans le détail. Mon enlèvement. Les conditions de ma détention. La malédiction. Les retrouvailles avec Abriel. Les nouveaux liens tissés entre Maelwen et Ian…

— Ces dernières heures vous ont rapprochés, non ?

— Comment ça ?

— Je ne sais pas, j'ai eu comme l'impression… Non, rien, laisse. Je suis tellement contente d'être de retour.

— Lili, me susurre Ian en prenant délicatement mon visage entre ses mains. Maelwen est comme une petite sœur pour moi. Quelqu'un que je dois protéger. Elle n'est pas aussi forte que toi. Et puis, elle fait un peu partie de notre vie maintenant, la petite sorcière, ajoute-t-il le regard malicieux.

— Je sais, c'était bête de ma part. C'est juste… Enfin, bref, n'en parlons plus !

— C'est toi que j'aime. Rien que toi. Je pourrais aller à l'autre bout du monde pour te sauver. Enfin… tu m'as compris.

— Oui, acquiescé-je avant de me mettre sur la pointe des pieds et de déposer un baiser sur ses lèvres.

Ses bras se mettent alors à m'envelopper, tandis que ses mains remontent dans mes cheveux, avant de descendre délicatement sur le bas de mes reins. Ses lèvres, pressées sur les miennes, viennent par moments effleurer mon cou et mes yeux. Je sens son corps se plaquer contre le mien et lui rends la pareille.

— Le soleil, murmure soudain Ian en se détachant doucement de moi.

— Comment ça le soleil ? questionné-je béatement, perdue dans mes pensées.

— Regarde.

Suivant le geste de son menton, je regarde derrière moi. Un fin rayon de lumière perce derrière les nuages, indiquant que le soleil est en train de se lever.

— Ah oui, le soleil…

— Il vaut mieux que je rentre avant que quelqu'un me voie et que la porte se referme.

— On se retrouve ce soir ?

— Bien sûr ! Tu m'as tellement manqué !

— Toi aussi.

Me hissant sur la pointe des pieds, je dépose un dernier baiser sur ses lèvres avant de le laisser partir.

— Lili ? interroge ma mère depuis la cuisine en m'entendant passer la porte.

— Oui, c'est moi.

— Tu es bien matinale, dis-moi ! ajoute-t-elle en passant la tête dans le couloir.

— Il fallait que je récupère des affaires avant de filer en cours…

Sans attendre mon reste, je file à l'étage avant qu'elle ne se rende compte de mon état. Mes vêtements sont couverts de terre et de poussière, mes cheveux complètement ébouriffés. Je dois faire peine à voir.

— Tu as passé un bon week-end chez ton amie ? insiste-t-elle du bas de l'escalier.

— Oui, oui. C'était… heu… intéressant.

— Lili ? Tu es sûre que tout va bien ?

— Oui, pourquoi ?

— Je ne sais pas. Tu as l'air… bizarre.

— Non, je t'assure, tout va bien !

— Au fait, bon anniversaire, ma chérie !

— Oh, heu, merci, Maman !

C'est vrai que j'ai 17 ans aujourd'hui, ça m'était complètement sorti de la tête…

Rafraîchie, changée, coiffée, je descends en trombe dans la cuisine pour avaler un petit-déjeuner en vitesse. Y'a pas à dire, j'avais vraiment faim !

Ma mère me regarde, interdite.

— Bah alors, ils ne te donnent pas à manger chez ton amie ou quoi ?

— Hmmm, c'est juste que j'ai très faim ce matin, éludé-je, en enfournant une deuxième tranche de brioche dans ma bouche. Tu sais, j'ai 17 ans aujourd'hui, il faut que je prenne des forces !

— Tu as bien raison ma fille, acquiesce-t-elle en me caressant tendrement les cheveux. Je suis sûre que tes amis auront une belle pensée pour toi aujourd'hui.

— Peut-être. Je ne cherche pas spécialement à leur rappeler cette date, tu sais !

— Tu devrais, elle symbolise quand même l'un des plus beaux jours de notre vie à ton père et à moi.

— On parle de moi, intervient mon père en s'échinant sur sa cravate.

— Attends, laisse-moi t'aider, propose ma mère. Je rappelais seulement à Lili combien ce jour comptait à nos yeux.

— Tu as bien raison ! Joyeux anniversaire ma fille ! 17 ans, quel bel âge !

— Merci Papa, dis-je avant de leur coller un baiser à chacun et de m'enfuir dans le couloir. Le bus n'attendra pas ! Même si c'est mon anniversaire ! crié-je depuis l'entrée.

Une fois arrivée au lycée, j'ai le sentiment de faire partie d'un autre monde. Tout autour de moi, les gens semblent flous. Contours filants.

— Lili ? Oh ! Lili.

Des mains s'agitent devant mon visage. Je force mes yeux à faire la mise au point et vois Erwann, face à moi, qui me sourit.

— Ah, salut.

— Bah alors, qu'est-ce qui t'arrive ? Tu n'as pas l'air dans ton assiette, ce matin !

— Fatiguée…

— Oh… Encore ce Ian, hein ?

— Oui, enfin… non. J'ai passé le week-end avec Maelwen. Je vais être en retard à mon premier cours. Je te laisse. À plus.

— Bon anniversaire ! me hurle-t-il.

Sans prendre le temps de le remercier, je file dans les couloirs de l'immense bâtisse. Ce qui est fatigant avec Erwann, c'est que je ne peux rien lui cacher. Mieux valait-il laisser une petite distance entre nous ces prochains jours.

Depuis mon retour à la liberté, je ne peux m'empêcher de repenser à ce qui est arrivé. Morgan. Mon enlèvement. Maelwen. *Le grand projet.*

Ce grand projet, qui aurait dû rester secret si Alban et Tristan avaient été un peu plus discrets lorsqu'ils se trouvaient près de ma cellule, avait de quoi être effrayant. Je ne pouvais m'empêcher d'y penser depuis.

J'ai mon idée quant à la manière de le contrecarrer, mais impossible d'en parler à Ian. Il ne le permettrait pas. Jamais. Hors de question de lui parler du projet non plus d'ailleurs.

De toute façon, rien que l'énoncer à voix haute me serre la gorge.

« L'éradication de tous les Solaires au profit d'un monde de Lunaires. »

Rien que ça.

CHAPITRE 35

Erwann

Lili me semble nerveuse… ailleurs. Comme à chaque fois qu'il est question de ce *Ian* de toute façon. J'ai l'impression que ce mec ne lui réussit pas. Elle me dit toujours qu'elle est fatiguée, mais c'est quand même étrange, non ?

Dire qu'avec moi elle avait tout pour être heureuse.

En plus, c'est son anniversaire aujourd'hui, j'aurais bien aimé passer un petit moment avec elle, comme au bon vieux temps.

Je devrais peut-être aller voir ce Ian. Lui dire ma façon de penser. Ce n'est pas comme ça qu'on traite une super fille comme Lili.

Oui, je vais le trouver !

Si seulement je savais où il habite…

Bref, si un jour je le croise… !

Non ! Erwann ! Si Lili est heureuse, c'est le principal.

Oui, enfin, elle l'aurait été avec moi aussi…

Si ce n'est plus !

QUELQUE PART EN BROCÉLIANDE

1605 - Au lendemain du massacre

La jeune fille s'effondra en découvrant le massacre au petit matin.

De ses amies. De son amie. Ne restait que des tas de cendres.

Les larmes coulaient, incessantes, sur ses joues. Elle aurait tellement voulu les aider. Pourquoi Madalen ne l'avait-elle pas prévenue ?

Elle avait appris ce qu'il s'était passé par les habitants du village. Tout de suite, elle avait accouru. Tous cherchaient les hommes qui avaient mené cette chasse. Disparus.

Elle cherchait ses amies. Mortes.

Gwenaëlle se pencha sur les cendres et en préleva de quoi remplir un minuscule sachet qu'elle glissa dans son collier une fois ouvert. Un cadeau que Madalen venait de lui faire pour cacher aux yeux de tous ce qu'elle avait de plus cher.

Elle se releva, douloureuse, et, regardant une dernière fois ce qu'il restait de ses amies, elle se promit de les venger.

Mais avant, il fallait qu'elle lui dise. À lui. Que son aimée était morte.

CHAPITRE 36

Lili

Après la pause déjeuner, ma décision est prise. En fait, elle est prise depuis le moment où j'ai entendu Alban et Tristan, mais je me le cachais à moi-même. Trop difficile.

Maintenant je suis sûre de moi. Je dois le faire. Mais pour ça, il faut que je trouve le grimoire.

Prétextant un mal de ventre, je décide de rentrer avant la fin des cours.

— Tu es certaine que ça va aller ? me demande Maelwen.

J'ai honte de ce que je suis en train de faire. Mais je n'ai pas le choix.

— Oui, j'ai juste besoin de me reposer un peu.

— C'est normal… après tout ce qu'il vient de se passer… Bref, je comprends. Et puis, c'est que tu as pris une année dans la face aujourd'hui, faut pas l'oublier ! ajoute-t-elle.

— Ha ha ! Très drôle ! Bon, tu es sûre que ça ne te dérange pas que j'aille chez toi ? demandé-je une dernière fois, ses clefs à la main. Ma mère est à la maison aujourd'hui… Je voudrais éviter qu'elle me pose trop de questions.

— Non, ne t'inquiète pas. Mes parents ne sont toujours pas rentrés, tu seras tranquille. Emprunte mon vélo si tu veux, je prendrai le bus ce soir et je te retrouve à la maison.

Horrible. Je suis tout simplement horrible. La pire amie qui soit.

Maelwen m'embrasse sur la joue et file en cours. Je reste un instant ainsi, à la regarder s'éloigner. Que suis-je en train de faire ?

Une fois chez elle, je ne perds pas de temps et monte dans sa chambre. Je sais ce que je cherche.

Sitôt la main mise sur son grimoire, je le sors de la commode dans lequel il se trouve (Maelwen, entre nous, il va falloir que je t'apprenne à trouver de meilleures cachettes) et le feuillette fébrilement après avoir contemplé la couverture sur lequel trône mon triskèle. Sur la dernière page, un mot me saute aux yeux : Skoazell. Ian m'a parlé de cette autre « convergence », mais il n'empêche, ça fait un choc. Ma famille a donc vraiment un lien avec tout ça…

Tout concorde… La maison. Ian. Le triskèle. L'Ankoù. Deux faces indivisibles. La vie. La mort. Et moi au centre de tout ça… avec ce collier.

Je ne peux m'empêcher de serrer mon pendentif entre mes doigts. Même si je ne connais toujours pas son utilité, tout ça me conforte dans l'idée que ce n'est pas pour rien que moi, une Skoazell, l'ai entre les mains…

Continuant à tourner les pages, je repère le mot qui m'intéresse : « *marv* ».

J'avais fait quelques recherches dans la matinée et savais que « mort » se disait ainsi en breton.

— *Captivi noz, captivi harz, Neque marv neque buhez.* Il doit s'agir de la malédiction !

Ian et Maelwen n'avaient pas trop voulu m'en dire plus à son sujet, pas grave, je me débrouille parfaitement sans eux.

Mon portable en main pour traduire, la confirmation de mon pressentiment s'affiche devant mes yeux.

Captivi noz, captivi harz, Neque marv neque buhez, murmuré-je. Une seule phrase et la vie de Ian avait basculé…

Prise soudain d'une forte douleur au niveau du cou, je me relève et porte ma main à ma poitrine avant de la retirer aussi sec. Mon collier… Incandescent ! Il me brûle la peau.

Attrapant des mouchoirs, je me protège la main et arrache le triskèle avant de m'effondrer sur le lit.

La douleur s'éteint peu à peu, mais reste tout de même assez vive. Je me dirige vers la salle de bains pour constater les dégâts et apposer un peu d'eau froide. Un cercle écarlate se dessine à la place de mon collier. J'applique une compresse froide dessus, tout en essuyant mon visage pour chasser la peur.

— Que t'arrive-t-il encore, Lili ? demandé-je à mon reflet.

Après avoir déniché un peu de crème après-soleil dans le placard de la salle de bains, je l'applique sur ma peau tout en retournant dans la chambre de Maelwen.

Je prends du bout des doigts mon collier qui a retrouvé sa couleur d'origine et le tourne dans tous les sens, sans rien lui trouver de particulier.

Je ramasse le grimoire et parcours de nouveau la page. Le texte inscrit sous l'incantation est peut-être une piste. Reprenant mon portable, je m'empresse de le traduire.

Je prends un papier et note :

Une pincée de cendres de la sorcière originelle. Où ?
Sang à mélanger dans les cendres. Ok.
Captivi noz, captivi harz, Neque marv neque buhez

À peine ai-je le temps de fourrer le papier dans ma poche avec le médaillon et de ranger le grimoire que Maelwen entre dans la chambre.

Après avoir rassuré mon amie sur ma blessure due officiellement à une allergie soudaine à mon collier, je sens malgré tout qu'elle est sceptique, mais elle n'insiste pas.

De retour chez moi, je tourne mon collier dans tous les sens. Étrange vraiment. Déjà l'apparition de l'Ankoù lorsque j'ai découvert le passage, maintenant ça… Mon pressentiment au sujet de ce collier se confirme, on dirait.

Je prends le risque de prononcer une nouvelle fois l'incantation (avec le médaillon posé dans une coupelle sur mon bureau, une brûlure suffira pour aujourd'hui) et ne le quitte pas des yeux. À peine le dernier mot prononcé que le collier se teint de rouge.

Je me rapproche et finis par distinguer de fines lettres sur la bordure du médaillon, à la jointure des deux faces, révélées par la couleur incandescente :

S
K
O
A
Z
E
L
L

À peine mon nom murmuré, qu'un très léger *clic* se fait entendre.

Reprenant sa couleur originelle, le collier s'ouvre en deux et révèle un minuscule sachet caché en son ventre.

Fébrile, je le dégage avec précaution, avant de regarder, avide, ce qu'il renferme.

Une poudre grise. Ou plutôt, des cendres. Oui, des cendres ! Les cendres de la sorcière originelle, celles dont parle la malédiction, ça ne fait aucun doute.

Je comprends pourquoi ma grand-mère tenait tellement à me transmettre ce collier ! Elle m'a fait gardienne de cette clef particulière, de cette clef conduisant vers un autre monde… celui des ténèbres.

Savait-elle que j'en aurais besoin un jour ?

Cette découverte me conforte dans mon idée. Dans ma décision. De toute façon, sans moi, rien de tout ça ne serait arrivé. C'est à moi de payer maintenant.

Pour ne plus être qu'une petite Solaire fragile, pour ne plus être qu'une simple monnaie d'échange dans le plan de Morgan, pour pouvoir protéger ce collier et ce qu'il contient et ainsi faire honneur à ma grand-mère, il faut que je sois plus forte ! Même si cela veut dire… je ne veux même pas y penser.

Sans plus attendre (et sans prendre vraiment le temps de réfléchir, au risque de changer d'avis), je reprends mon papier et réunis face à moi les cendres dans lesquelles je fais tomber une goutte de mon sang (je ne suis pas épargnée ce soir, on dirait). Je ferme les yeux et récite :

Captivi noz, captivi harz, Neque marv neque buhez
Captivi noz, captivi harz, Neque marv neque buhez
Captivi noz, captivi harz, Neque marv neque buhez

Rien.

Je recommence.

Captivi noz, captivi harz, Neque marv neque buhez
Captivi noz, captivi harz, Neque marv neque buhez
Captivi noz, captivi harz, Neque marv neque buhez

Il faut que je me rende à l'évidence. Je n'ai pas les talents de Maelwen. En même temps, j'aurais dû me douter que seule une sorcière…

CHAPITRE 37

Lili

Un brouhaha en dessous de moi me fait sursauter. Je relève la tête que j'avais plongée dans mes mains et me lève précipitamment pour me diriger vers l'étage inférieur, tout en prenant soin de glisser le sachet de cendres dans mon collier. C'est plus sûr !

Avant même que j'aie pu analyser la situation, un groupe d'individus se jette sur moi sans ménagement.

— Joyeux anniversaire, Lili !

Sous le choc, je peine à réaliser. Maelwen, Erwann, Gaël, Sophie et Agathe me fixent, un grand sourire aux lèvres, en attendant ma réaction.

— Oh… euh… merci, bafouillé-je.

Mais que font-ils tous ici ? Qui… Je croise le regard de Maelwen qui me fait un clin d'œil. Elle a osé.

— J'ai vu ça avec tes parents, j'espère que ça te fait plaisir ! Bon, j'avais organisé tout ça avant… Bref, j'espère que ça ira, ajoute-t-elle dans le creux de mon oreille.

Je ne vais pas lui répondre non… Même si, au fond… Mais zut, c'est vraiment *vraiment* pas le jour ! En même temps, ça me fait plaisir de tous les voir. Et c'est pas tous les jours qu'on a 17 ans ! Je commence à me détendre et souris tendrement à mon amie.

— Oui, c'est parfait. Merci à tous d'être ici.

— Avec plaisir, réplique Erwann en me lançant un clin d'œil.

— J'ai eu du mal à tenir ma langue, comme tu peux l'imaginer ! Et ton malaise de tout à l'heure… Bref, j'avais peur que tout soit raté.

— Ne t'inquiète pas, la rassuré-je.

— Par contre, comme c'est en semaine, ce sera un simple goûter… Loin de la grosse fiesta que je voulais te préparer…

Maelwen grimace vers le salon et je comprends qu'elle en veut légèrement à mes parents.

— Pas de problème, c'est déjà super que tu aies pensé à moi !

— Le plus important est de passer un moment ensemble, ajoute Sophie.

On se dirige tous vers la cuisine et je constate que mes parents ont préparé gâteaux et boissons avant de s'éclipser discrètement. Adorable. Vraiment adorable. Je ne peux m'empêcher de ressentir un pincement au cœur quand je repense à mon plan. À ce que cela induit.

Non, je ne dois pas y penser. Pas tout de suite en tout cas.

De toute façon, je n'en ai pas le temps. Maelwen surgit devant moi, un gâteau illuminé de bougies dans les mains.

— Allez, à trois ! ordonnent mes amis.

Je joue le jeu et souffle de toutes mes forces sous un tonnerre d'applaudissements.

— Briquet maison, me susurre Maelwen en agitant ses doigts devant mon nez.

Je ne peux m'empêcher de rire. Où trouve-t-elle la force de faire tout ça avec ce qu'on est en train de vivre !

CHAPITRE 38

Erwann

Profitant du fait que Lili se retrouve seule dans un coin de la pièce, je me dirige vers elle, un verre à la main.

Enfin !

Je vais pouvoir, *enfin*, avoir mon moment avec elle.

— Jus de pomme ?

— Oh heu, merci !

— Alors quoi de neuf ? J'ai l'impression qu'on ne se voit plus trop ces derniers temps.

— Désolée… Je suis très occupée en ce moment. Entre les cours, les révisions…

— Ian…

— Ian.

Lili baisse les yeux, gênée.

— Je suis content pour toi.

— Que je sois complètement sous l'eau ?

— Non… Que tu aies rencontré quelqu'un avec qui tu te sentes bien. Tu le mérites. Sincèrement.

Oui, bon… c'est son anniversaire, je ne voudrais pas lui faire de la peine en lui disant que son mec m'a tout l'air d'être un abruti qui ne la mérite absolument pas.

— Erwann, tu n'es pas obligé…

— Non, je le pense vraiment, Lili. Bien sûr, sans te mentir, j'aurais préféré que ce soit moi… Mais que tu sois heureuse est le plus important.

Ouais enfin, si je croise un jour ce Ian… Non ! Ça me fait vraiment plaisir pour elle. Promis. Juré.

Son visage s'illumine et elle pose une main chaleureuse sur mon bras. À ce contact, je ne peux m'empêcher de frémir.

Bon, oublions ce que j'ai dit.

Si je croise un jour ce Ian…

CHAPITRE 39

Lili

Je retire prestement ma main du bras d'Erwann. Le contact de sa peau sur la mienne me perturbe.

Je maintiens néanmoins mon regard. La chaleur de ses yeux, elle, me fait du bien.

Prétextant un cil sur ma joue, il pose délicatement ses doigts sur mon visage et chasse l'indésirable du pouce.

Dans une pulsion que je ne sais expliquer, je pose ma main sur la sienne, à la recherche de sa chaleur.

D'abord étonné, Erwann ne bouge pas sa main. Son pouce se repose délicatement sur ma joue et caresse doucement ma peau.

Tout serait tellement plus facile avec lui…

CHAPITRE 40

Erwann

Que lui arrive-t-il ? Il n'y a pas deux secondes, il était question de Ian, et maintenant…

C'est que ça ne doit pas aussi bien marcher entre eux qu'elle le laisse entendre.

Je ne vais pas me plaindre après tout… Mais je ne voudrais pas non plus profiter de la situation…

Argh ! Pourquoi faut-il toujours que ce soit aussi compliqué !

CHAPITRE 41

Lili

Je me sens faiblir. Tout, ses yeux, ses lèvres, son odeur, tout m'invite à me jeter dans ses bras…

Mais il y a Ian.

Je repense alors aux paroles de Morgan. A-t-il raison au sujet de Maelwen et de son frère ? Dois-je me rendre à l'évidence et lui laisser la place ?

Une vague de jalousie me traverse le corps. Par provocation, je me rapproche d'Erwann, mon corps à quelques centimètres du sien.

CHAPITRE 42

Erwann

Je rêve ou elle vient de se rapprocher de moi ?

Ses lèvres ne sont plus qu'à une faible distance des miennes. Est-ce une invitation ? Dois-je y répondre ?

En ai-je envie ? Bien sûr !

Est-ce correct ? Pas sûr…

CHAPITRE 43

Lili

Avant que je ne commette l'irréparable, l'image de Ian s'accroche à ma rétine.

Mon cœur fond immédiatement et tout sursaut de jalousie disparaît.

Prétextant enlever à mon tour un cil sur la joue d'Erwann, je passe rapidement mon pouce, chassant l'air, et me recule en plongeant le nez dans mon verre de jus de pomme. Honteuse.

— Un cil. Sur ta joue. Fais un vœu, lancé-je maladroite.

— Oh, heu… merci.

Erwann ne dit rien de plus et, intérieurement, je l'en remercie. Je vois bien qu'il est déçu, mais il tente de masquer sa peine d'un grand sourire avant d'interpeller Gaël et de disparaître dans le salon.

Je suis horrible. La plus mauvaise petite amie et amie qu'il puisse exister.

Comment ai-je pu penser ne serait-ce qu'une seconde embrasser Erwann…

Je passe le reste de la soirée, de *ma* soirée, à regarder par la fenêtre de la cuisine le vieux cerisier. J'espère qu'il ne m'en voudra pas. Qu'*ils* ne m'en voudront pas.

Encore faudrait-il que j'en parle à Ian. Après tout, lui aussi a ses petits secrets avec Maelwen. Et la voilà, la fameuse jalousie qui repointe le bout de son nez. Vraiment pas beau tout ça.

La fête se termine assez tôt, selon la volonté de mes parents. Eh oui, « demain il y a école ! »

Chacun vient me saluer et je remercie chaudement Maelwen pour son attention avant de la saluer à son tour.

Il va falloir que je trouve un moment pour lui parler. Sérieusement. Mais pour l'instant, repos. Eh, c'est que je ne suis plus si jeune que ça, après tout !

CHAPITRE 44

Maelwen

Si elle croit que je ne l'ai pas vue… Toute la soirée collée à Erwann… Que t'arrive-t-il, Lili ?

Comment peut-elle faire ça à Ian ! Il est tellement… Si j'étais à sa place, jamais je… Mais, je n'y suis pas… alors bon… Après tout, c'est leur problème ! Hors de question que j'évoque le sujet avec Ian. Lili est mon amie et Ian… Bref, il ne s'est rien passé de toute façon, je l'ai gardée à l'œil. Et puis, je la comprends en même temps. Ce serait tellement plus facile de ne pas être mêlée à *tout ça*. De faire comme si de rien n'était. Comme si notre vie n'était pas profondément bouleversée… J'espère que tu as profité de ta soirée, ma Lili. J'ai l'impression que oui. J'ai l'impression que Gaël aussi d'ailleurs. Pourquoi je l'ai invité celui-là ? Toujours à essayer de me rendre jalouse en se pavanant au bras de toutes les filles du lycée. Pathétique. Ce n'est pas Ian qui se permettrait une telle chose. Lui, au moins, il a de la classe. Oui, monsieur Gaël, tout ce que vous, vous n'avez pas.

Comme ai-je pu sortir avec un mec pareil… Est-ce qu'il n'existerait pas des sorciers dans le coin par hasard… ? Que toute cette histoire m'apporte au moins quelque chose de positif ! Y'a pas de raison que Lili soit la seule à se dégoter un super mec, après tout ! Dommage que son frère Morgan ne soit qu'un gros naze…

CHAPITRE 45

Lili

À peine la tête posée sur l'oreiller qu'une ombre se faufile dans ma chambre.

— Joyeux anniversaire, me susurre une voix dans le creux de l'oreille. Tu ne pensais pas que j'allais oublier, quand même !

— J'avoue que ça m'a traversé l'esprit, dis-je, taquine, en me redressant sur mon lit.

Ian se jette sur moi et m'immobilise sur le matelas. Je sens le poids de son corps sur le mien et je n'ose plus respirer de peur qu'il se dégage.

Il passe sa main dans mes cheveux et plonge son regard vert dans le mien. De mutique, mon cœur devient bavard. Bégayant sous l'émotion suscitée par la situation.

Ses lèvres se rapprochent des miennes et sans plus attendre, je saisis sa nuque et l'embrasse avec passion.

Comme pour l'empêcher de dévoiler quelque secret, ma langue glisse dans sa bouche et, au contact de la sienne, je ne peux réprimer un frisson.

Conscient de mon état, Ian se recule.

— Tu veux que j'arrête ? murmure-t-il.

Pour toute réponse, je le plaque contre moi à l'aide de mes jambes et les croise autour de sa taille pour l'empêcher de s'éloigner.

Un éclat traverse ses yeux et il me sourit tendrement avant de plonger ses lèvres dans mon cou.

Ses mains se mettent en quête de chaque parcelle de ma peau, tandis que le reste de son corps se blottit contre le mien.

Conquérante à mon tour, je prends le temps de découvrir chaque muscle, chaque partie de lui du bout de mes doigts.

Erwann est définitivement loin. Très loin.

Seul Ian compte à mes yeux. Et je l'aime. Même si ça exige quelques sacrifices.

Cherchant à capter son regard, je saisis son menton et plante mes yeux dans les siens.

Je n'ai même pas besoin de lui parler. Je sais que c'est lui.

Tous mes doutes s'envolent.

Demain soir, j'irai voir Maelwen et tout sera réglé.

Absolument tout.

Ian me rend mon regard, ses yeux brillant plus qu'à l'accoutumée.

N'obéissant plus qu'à mon instinct, je me jette sur lui, prête à le dévorer.

CHAPITRE 46

Erwann

J'ai l'impression que Lili m'ignore depuis ce qu'il s'est passé hier… Je lui ai envoyé plusieurs messages aujourd'hui qui sont restés sans réponse… Sans parler du gros vent qu'elle m'a mis ce midi à la cantine quand je l'ai invitée à ma table… Bon ok, elle ne m'a probablement pas vu.

Je devrais passer la voir pour discuter.

Mais peut-être qu'elle n'a plus envie de me parler du tout…

Ça craint vraiment, c'est absolument pas ce que je voulais !

Même si ce n'est qu'en tant qu'ami, j'ai besoin de rester près d'elle. Besoin… d'elle.

Et puis, peut-être qu'un jour elle se rendra compte que je suis celui qu'il lui faut. L'espoir fait vivre, comme on dit.

Il faut vraiment que je trouve une solution pour arranger tout ça… J'ai essayé d'en parler à Gaël, mais il me dit de laisser tomber : « Crois-moi, elle ne t'apportera que des ennuis ».

Et puis, il y a Léa. J'avais fini par l'inviter au cinéma. Super moment. Vraiment, une chouette fille. Drôle. Mignonne. Mais ce n'est pas Lili. J'avais passé une bonne partie de la soirée à penser à elle. Peut-être que Maelwen… Oui, je pense qu'elle pourrait être de bons conseils… Me dire comment faire pour que Lili daigne me reparler… Après tout, c'est sa meilleure amie… elle la connaît bien. Ce serait aussi l'occasion d'en apprendre un peu plus sur ce Ian…

Avant de changer d'avis, je cours sur le parking du lycée et enfourche mon scooter, direction chez Maelwen !

Durant tout le trajet, je tourne et retourne dans ma tête ce que je vais bien pouvoir lui dire.

J'espère au moins qu'elle va accepter de me parler, elle.

Je n'avais pas pensé à cette éventualité.

Peut-être que les deux ne souhaitent plus me voir.

Une fois sur place, je me dirige droit vers la porte, je vais en avoir le cœur net…

CHAPITRE 47

Morgan

— Elle ne devrait plus tarder à rentrer… J'entends quelque chose ! Alban, Tristan, tenez-vous prêts !

— Je vais à gauche et toi à droite ?

— Ça me va !

— Ne la ratez pas surtout, je compte sur vous !

— Y'a aucun risque, boss, on la tient !

— Attention… Go ! Go ! Go ! STOOOP !

Alban et Tristan s'arrêtent net.

— Qu'est-ce qu'il se passe, chef ?

— Cachez-vous, c'est pas elle ! C'est qui ce type ? Il va ruiner tous nos plans !

— On s'en occupe si tu veux, propose Tristan.

— Ouais, on pourrait s'amuser un peu, renchérit Alban le regard luisant de cruauté.

— Hors de question, vous allez nous faire prendre et tout gâcher ! Cachez-vous, ordonné-je.

CHAPITRE 48

Erwann

Personne.

Je sonne une seconde fois.

Rien.

Son bus a dû prendre du retard. Tant pis, je vais l'attendre un peu, elle ne devrait pas tarder.

Soudain, un bruit derrière moi attire mon attention. Un craquement. Comme si l'on marchait sur des feuilles mortes…

Qu'est-ce que… ?

J'ai l'impression qu'on m'observe…

Intrigué, je m'avance vers les buissons au fond de son jardin. J'ai peut-être rêvé… mais…

La sonnerie de mon téléphone me stoppe net.

Un message de Gaël.

Quoi ? Il a encore raté le bus ? Mais c'est pas vrai ! Je ne suis pas son chauffeur à la fin.

Je suis bon pour aller parler à Maelwen une autre fois. Non mais mince, Gaël, tu abuses !

Rebroussant chemin, je me dirige sans plus attendre vers mon scooter et pars en trombe, énervé d'avoir fait tout ce chemin pour rien.

CHAPITRE 49

Morgan

— Oui, c'est ça, casse-toi, susurré-je en observant le type sur son scooter.

Après quelques minutes d'attente, notre proie arrive enfin.

— Alban, Tristan, ça va être à vous… C'est parti !

Caché derrière un buisson, je regarde mes acolytes encercler la sorcière qui, effrayée, se met à balancer des boules de feu de part et d'autre. Tristan lui bloque les mains derrière le dos tandis qu'Alban lui colle un morceau de scotch sur les lèvres.

Lorsqu'elle m'aperçoit, ses yeux se glacent d'effroi.

— Bonjour, ma jolie, tu te souviens de moi ?

Mes complices, serviles, ricanent tout en la maintenant face à moi. J'attrape sa mâchoire et plante mon regard dans le sien. Elle secoue vivement la tête en poussant des cris étouffés. Je sens son corps trembler sous mes doigts. Sa chaleur se répandre sous ma peau. Excitant.

— J'aurais besoin d'un petit service. Pas grand-chose, je t'assure. Seulement que tu refasses ton petit tour de la dernière fois. Tu sais, celui qui nous a permis, à mes amis et moi, de partir en promenade avec ta grande amie, Lili. Oh, et puis, tant qu'à faire, je ne serais pas contre la formule qui a fait de nous ce que nous sommes… parce que tu sais, comme dit le dicton, plus on est de fous plus on rit ! Je te fais confiance, ma belle, je sais que tu ne me décevras pas. Si ça peut te motiver, sache que ton amie est dans ma ligne de mire si jamais tu décidais d'en faire qu'à ta tête. Je n'hésiterais pas à l'envoyer saluer ses ancêtres, si tu vois ce que je veux dire. Une dernière chose, cette petite entrevue reste entre nous bien sûr, pas besoin d'alerter tout le quartier, et encore moins ton « petit ami ». Ha ha ! Avoue qu'il te plaît, mon petit frère… Allez, promis je ne lui dirai rien… Ou peut-être que si… ! Ça ne dépend que de toi, ma jolie ! Et que dirait Lili si j'allais lui raconter que sa meilleure amie en pince pour son amoureux… Tu en penses quoi ? Oh ! Et même qu'elle projette de lui concocter un petit philtre d'amour de sa création. Super idée, non ?! Ah oui, je sens que ce scénario te plaît !

Je ris avec ses deux geôliers en contemplant sa mine déconfite et lui tends la main comme pour sceller un pacte.

— Oh mince, j'avais oublié ! Pas pratique quand on a les mains attachées dans le dos. C'est bon, relâchez-la, ajouté-je, hilare, à l'attention de Tristan et Alban, je pense qu'elle a compris. Pas vrai, sorcière ?

Je prends son regard implorant pour un oui et disparais sans attendre mon reste. Il ne faudrait pas non plus que je me prenne quelques boules de feu une fois le dos tourné. Je laisse ça aux deux abrutis.

Récupérer la formule : en cours.

Me reste à régler cette histoire de collier… Je ne connais pas encore son utilité, mais je préfère ne pas laisser l'autre gourde filer avec. On ne sait jamais…

CHAPITRE 50

Maelwen

Je regarde Morgan s'éloigner, tandis que Tristan et Alban continuent de me maintenir. Quel lâche. Quelle pourriture. Ses deux acolytes finissent par me lâcher à leur tour avant de prendre leurs jambes à leur cou. Je tente, tant bien que mal, de leur envoyer quelques boules de feu, mais sans grand résultat. Sous le coup de l'émotion, je n'arrive pas à canaliser mes pouvoirs.

Que vais-je faire ? En parler à Lili ? À Ian ? Après ce que vient de me dire Morgan, ça ne me tente pas tellement… Et puis, Ian risquerait de s'emporter contre son frère et Lili serait encore plus en danger.

À qui alors ?

Soudain, me vient une idée. Seules deux personnes sont capables de juguler Morgan.

Sans plus attendre, je me dirige jusque chez Lili, et sans même prendre le temps de la prévenir, je fonce dans le jardin pour mettre à jour l'entrée dissimulée sous terre.

Après avoir descendu l'échelle, j'actionne la poignée le cœur battant. Ouf, la porte s'ouvre et je me retrouve dans l'entrée de cette maison de la nuit. Je me dirige vers le salon, déterminée à les trouver. Je passe la porte et me retrouve face à eux.

— Aénor, Abriel, salué-je.

— Maelwen ? Mais que se passe-t-il ?

Après leur avoir fait un résumé de ce qui s'était passé avec Morgan, Abriel ne peut contenir sa colère.

— N'a-t-il donc rien compris ? N'a-t-il donc que faire de ma mise en garde ? Si c'est la guerre qu'il veut, la guerre il aura !

— Abriel ! Il s'agit de notre fils !

— Non, ce n'est plus mon fils. Plus depuis qu'il s'en est pris à notre famille. À son propre père !

— Que comptes-tu faire ? interroge Aénor, inquiète.

— Le combattre ! Maintenant ! Avant qu'il ne commette l'irréparable.

Joignant le geste à la parole, Abriel se dirige vers l'entrée.

— C'est trop dangereux, tu ne peux pas y aller seul ! Demande au moins à Ian de t'accompagner.

— Ne t'inquiète pas, j'ai quelques amis moi aussi.

— Abriel, non ! hurle Aénor en le voyant passer la porte.

— Je suis désolée, m'excusé-je. Je ne savais pas quoi faire. Je ne pensais pas…

Aénor me fixe, interdite. Je me fais encore plus petite sous son regard presque glacial.

— Que se passe-t-il ici ?

Levant la tête, j'aperçois Ian en haut de l'escalier.

— Ton père. Il n'en fait qu'à sa tête, répond Aénor froidement.

— Comment ça ? demande-t-il en dévalant l'escalier.

— Il a décidé de partir retrouver ton frère.

— Quoi ! Seul ? Que s'est-il passé ?

— Pas seul. Avec ses amis. Demande à Maelwen les détails, je suis à bout, je me retire.

Ian regarde sa mère monter à l'étage, une main sur le front, puis se tourne vers moi, plongeant ses yeux dans les miens. Je ne peux m'empêcher de frissonner.

Pour la discrétion, on repassera… j'espère que Morgan ne mettra pas ses menaces à exécution… Un philtre d'amour… n'importe quoi !

Après lui avoir fait un bref récit de ma soirée quelque peu gâchée par son frère, Ian, hors de lui, comme je l'avais prévu, décide de partir à sa recherche.

— Il va me le payer !

— Ian, je t'en prie, calme-toi, lui intimé-je, inquiète de le voir aussi furieux.

Je tente de l'apaiser en posant une main sur son torse, mais rien n'y fait. Il la saisit dans la sienne et la comprime dans un élan de rage. Je ne dis rien. Serre les dents.

— T'agresser toi… Menacer Lili, une nouvelle fois… Et puis ce… ce *projet* ! Il ne perd rien pour attendre !

Il me relâche la main. Je respire.

— Tu ne sais même pas où il est.

— Il ne peut pas être bien loin de toute façon. Et puis l'odeur de lâcheté qu'il traîne depuis un moment est très identifiable.

— Tu ne devrais pas plutôt essayer de trouver ton père ? Il parlait de rassembler une armée. Il serait sûrement plus raisonnable…

Il s'arrête un instant de tourner en rond. Aurais-je réussi à le convaincre ?

— Une armée, tu dis ? Il a donc dans l'idée de le combattre lui aussi ?

— Oui. Il est tout aussi furieux que toi.

— Une armée de Lunaires… semble-t-il réfléchir. Père ne fait pas les choses à moitié ! T'a-t-il dit où il allait ?

— Pas vraiment. Il a parlé de rejoindre des amis.

— Le clan Kerael.

— Attends… ce ne sont pas ceux qui ont enlevé Lili ?

— Oui. Enfin, non. Certains membres de ce clan sont dissidents. Comme Morgan. Mais les amis de mon père sont… comme nous.

— Ils sont nombreux ?

— La famille Kerael compte trois membres. Mais dans le clan en totalité, les amis de mon père forment un groupe d'une dizaine de personnes.

— Je ne comprends pas… hésité-je, perdue. La famille Kerael et le clan sont deux entités distinctes ?

— Tu ne t'es jamais demandé qui étaient Alban et Tristan ?

— En réalité, pas vraiment, dis-je, confuse.

— À l'époque où nous vivions, chaque terre était gouvernée par une famille *supérieure* qui donnait son nom au clan tout entier. Les autres familles qui vivaient sur cette même terre leur devaient obéissance. Mais les temps ont changé. Maintenant, nous ne prêtons plus vraiment de force à cette hiérarchie. Seul le nom des clans est resté d'usage pour désigner les habitants d'un territoire donné.

— La famille Bothoell…

— Oui. Tu es ici dans le clan Bothoell. Alban et Tristan font partie d'autres familles de ce territoire. Comme ceux qui ont enlevé Lili font partie d'autres familles du clan Kerael.

— Donc, si ton père rejoint ses amis du clan Kerael… La tombe de Merlin !

— Oui, il doit être là-bas.

— Comment vont-ils se battre contre Morgan s'ils ne peuvent pas traverser la frontière… ça n'a pas de sens.

— Sauf si on t'inclut dans l'équation !

CHAPITRE 51

Ian

J'avais demandé à Maelwen de rester à la maison le temps que je mette les choses au point avec mon père. Inutile de lui faire prendre des risques. Elle devait se tenir prête à ouvrir de nouveau les frontières.

Approchant du tombeau, j'entends au loin des voix qui s'élèvent.

Père !

— Mon propre fils ! Tu te rends compte, me faire ça à moi !

— On pensait ne jamais te revoir, mon ami !

Avançant encore de quelques pas, je retrouve mon père et son ami, Owen Kerael, dans les bras l'un de l'autre.

Relâchant son étreinte, mon père remarque ma présence, mais ne semble nullement étonné.

— Ah, Ian, te voilà. Je t'attendais.

— Mais comment…

— Je me doutais bien que tu me rejoindrais. Toi au moins, tu es le digne fils de ton père.

Saluant Owen, je bombe le torse, fier d'être un Bothoell.

— Quel est donc le plan ?

— Je vais rassembler les miens et nous serons de retour d'ici une heure. Ton père m'a parlé de ton amie, la sorcière – à ce mot, il ne peut s'empêcher de frissonner – nous espérons qu'elle pourra nous libérer.

— Il n'y a pas de raison. La présence d'un membre de la famille supérieure doit être indispensable pour que l'ensemble du clan soit touché. Cela expliquerait sans doute pourquoi vous n'avez pas été affectés la dernière fois.

— Je l'espère, mon ami, je l'espère. J'ai hâte d'en finir avec cette vermine.

— Qu'allez-vous faire à Morgan, et aux autres ?

— Nous ne sommes pas encore sûrs…

— En attendant, je connais un très bel endroit pour les accueillir, rétorque mon père en esquissant un rictus satisfait.

Laissant les deux hommes à leurs retrouvailles, je m'éclipse pour aller chercher Maelwen.

J'avais bien raison de lui dire de se préparer. Il semblerait que leur plan coïncide en tous points avec le mien.

De retour à la maison, je n'ai pas le temps de passer la porte qu'une tornade s'abat sur moi.

— Tu veux lui faire la guerre ? Dis-moi que je rêve ! Ton propre frère ! Enfin, c'est pas comme si je l'appréciais, mais quand même…

— Lili ! Qu'est-ce que tu fais là ?

— Bah, je cherchais Maelwen et elle m'a dit qu'elle était ici… Mais si tu es trop occupé, je peux repartir, tu sais.

Son ton désinvolte et le clin d'œil appuyé à son amie ne me trompent pas.

— Lili, qu'est-ce que tu racontes ? Bien sûr que j'ai envie que tu restes ! Au contraire, j'aurais espéré… Enfin, bref, Maelwen est seulement là à cause de Morgan.

Encore une fois, celui-là vient tout gâcher.

Je n'ai qu'une envie, c'est la serrer contre moi. Ressentir au moins un millième de ce que j'ai pu ressentir la nuit dernière dans ses bras. La quitter ce matin a été tellement difficile. Devoir la laisser, encore et toujours, à chaque fois que le soleil se lève.

Et maintenant… à cause de ce… de ce traître !

Lili me dévore des yeux et acquiesce.

— Oui, je sais. Elle m'a dit ce qui était arrivé.

— Je suis désolée, Lili. Encore une fois, je ne voulais pas te blesser. Morgan t'a menacée. Je ne savais pas vraiment à qui me confier alors j'ai pensé que seuls ses parents pourraient canaliser sa colère.

— Et tu as très bien fait, Maelwen. Je ne t'en veux pas.

— Tu dois rester prudente, Lili. Tant que nous n'aurons pas mis la main sur lui, ajouté-je. Maelwen, prends tout ce dont tu as besoin, nous allons au tombeau.

— Ian ! Je ne vais pas rester enfermée ici pendant que vous…

— Je suis désolé, Lili, je n'ai pas le choix. Tu verras, on s'y fait à cette maison à la longue, ajouté-je en lui déposant un baiser. Ma mère est à l'étage si tu as le moindre problème.

Je ne lui laisse pas le temps de répliquer et fonce avec Maelwen dans la nuit. Hors de question de lui faire courir le moindre risque. Pas à elle.

CHAPITRE 52

Lili

Après le rêve de cette nuit, me voici en plein cauchemar. Et seule.

J'ai l'impression d'être un boulet. Une pauvre petite Solaire fragile. Encore et toujours. Et Maelwen, elle, a le droit de tout partager avec lui sous prétexte qu'elle est une sorcière. Enfin… à part lancer des boules de feu, je ne l'ai pas encore vue faire grand-chose. Arrête, Lili, ce n'est pas bien. Il s'agit de ton amie. Elle a un don. Un vrai. C'est d'ailleurs pour ce don que tu avais besoin de la voir, ne l'oublie pas. Elle seule peut t'aider à devenir… à faire ce que tu as à faire pour arranger tout ça. Et pour ne plus avoir à dire au revoir à Ian.

Qu'est-ce qui m'empêche de les rejoindre après tout ? Rien. J'ai encore le droit de faire mes propres choix. Je ne vais pas attendre sagement ici en tout cas.

Je vais pour prendre mon manteau abandonné sur un fauteuil du salon lorsque j'entends un bruit derrière moi.

— Lili ?

— Aénor ?

— Où comptes-tu aller comme ça ?

— Je…

— Tu ne pensais tout de même pas aller rejoindre Ian ?

Je baisse les yeux, comme une petite fille grondée par sa mère.

— Je suis sûre que je pourrais leur donner un coup de main.

— Ah oui, voyons ça. Et comment, explique-moi ?

— Je ne sais pas… je pourrais servir…

— D'appât. Parce qu'à part ça, je ne vois pas très bien à quoi servirait une petite Solaire comme toi.

Son ton dur et froid me rappelle celui de notre première rencontre. Que se passe-t-il ? Je pensais que de l'eau avait coulé sous les ponts et que tout allait mieux entre nous. Son regard me transperce. Elle ne me quitte pas des yeux. Aénor me ferait presque… peur.

— À moins que… tu aies une autre idée derrière la tête ? Peut-être en rapport avec ce collier que tu caches d'une main si… protectrice. Aurais-tu quelque chose à me dire, Lili ?

Je hoche la tête de gauche à droite, nerveusement, tout en remettant mon bras le long du corps, l'air de rien.

— Tu sais, j'ai eu l'occasion de parcourir le grimoire avec ta chère amie Maelwen et j'ai pu y découvrir la formule… Tu vois de laquelle je parle, n'est-ce pas ? Oh non, ne fais pas celle qui ne comprend pas où je veux en venir, je t'en prie ! J'ai quelques années d'expérience de plus que toi, jeune fille, ne l'oublie pas ! Je suis imbattable à ce jeu-là. Je disais donc… la formule. Celle qui a fait de nous qui nous sommes et que semble convoiter mon fils. Je me demandais donc, en la parcourant, où pouvaient se trouver ces fameuses cendres ! Et puis, j'ai commencé à penser à ton collier… le triskèle, identique à celui du grimoire, le nom *Skoazell*, inscrit en son dos, l'Ankoù… Et c'est là que je me suis dit… qu'il ne pouvait pas s'agir d'une simple coïncidence. Vu la manière dont tu sembles vouloir protéger ce bijou, je pense ne pas m'être trompée.

— Je suis la seule à pouvoir l'ouvrir de toute façon, vous n'aurez jamais ce qu'il contient ! hurlé-je, en l'agrippant de mes deux mains tout en essayant de partir.

— Oh, mais tu te trompes, je n'ai absolument pas besoin de ce qu'il y a dedans ! Seulement que mon fils n'y ait pas accès non plus. Son projet échoué, Morgan ne représentera plus un danger à éliminer… Et à choisir entre vous deux…

Un éclat argenté dans la main droite d'Aénor attire mon regard. Avant même de comprendre ce qu'il se passe, le couteau est déjà planté dans mon flanc.

Je m'effondre.

CHAPITRE 53

Maelwen

Une fois arrivé sur place, tout le groupe se salue d'un signe de la tête, grave, avant de pénétrer dans la tombe.

— Tu as tout ce qu'il faut ? me chuchote Ian.

— Oui, tout est là, dis-je en tapotant mon sac. Sont-ils tous du clan Kerael ? ajouté-je en regardant la foule.

— Oui… Disons que Morgan a bien mené son travail de propagande du côté de notre clan…

— Je suis désolée.

— C'est pas grave. Nous avons encore des soutiens, c'est ce qui compte.

— Bien, mes amis. Si nous sommes réunis aujourd'hui, c'est que l'heure est grave. Morgan et ses complices mettent à mal l'équilibre fragile que nous avons réussi à instaurer au cours de ces dernières décennies. Je vois clair dans son plan : créer une armée de Lunaires serviles et remplis de haine pour reprendre sa place à la surface.

— Notre place première, Abriel, l'interpelle un homme près de l'entrée.

— Nous avons perdu tout droit le jour où nous avons laissé notre haine et nos peurs nous gouverner, Alaric. Nous ne pouvons les laisser s'en prendre aux Solaires. Nous ne sommes pas des meurtriers. Et qu'adviendrait-il de toi et de tes deux enfants si les Solaires venaient à nous pourchasser comme nous pourchassions les sorcières ? Tout comme elles, malgré notre force, nous ne pourrions y réchapper. Pour de bon cette fois.

— Que proposes-tu alors ?

— De combattre le mal par la racine.

— Ton propre fils ?

— Ce n'est plus mon fils. Plus maintenant. Mon fils est là, à mes côtés, et se battra pour moi.

Je vois Ian se redresser près de moi, fier de l'importance accordée par son père. Ses yeux verts, magnifiques, fixent l'assemblée sans ciller. Je peux presque voir chaque muscle de son corps se tendre, prêt à se battre. N'aurait-il donc aucune compassion pour son frère ?

— Je vous présente Maelwen.

Prise de court en entendant mon nom, je manque de trébucher. Je tourne timidement la tête vers le groupe et me sens scrutée de la tête aux pieds.

— Maelwen est la dernière descendante des sorcières qui ont péri en ce jour tragique.

— Abriel ! Comment oses-tu l'amener jusqu'à nous ! s'emporte une voix au fond de la salle.

La rumeur enfle dans la cavité, jusqu'à devenir assourdissante.

Désemparée, je me réfugie tout contre Ian qui m'encercle d'un bras protecteur.

— Ne t'inquiète pas, ils ne te feront rien. Je veillerai sur toi. Tout comme je veillerai à la punition infligée à Morgan.

Je comprends mieux tout à coup son comportement de tout à l'heure. Ian veut se venger, certes, mais pas devenir quelqu'un de mauvais pour autant. Quel soulagement !

Les voix semblent s'apaiser, chacun reprend sa place dans le cercle. Abriel enjoint au calme.

— Maelwen ne nous veut aucun mal, comme nous ne lui en voulons aucun. Pas vrai, mes amis ?

Un vague acquiescement parcourt la salle.

— Si je l'ai fait venir ici, parmi nous, c'est qu'elle va nous être d'une grande aide. Mais plus que de parler, je vais la laisser faire. Maelwen, je t'en prie.

D'un geste de la main, Abriel m'indique la table en bois disposée au centre de la pièce.

Nerveuse, je m'avance jusqu'à elle et y dépose le nécessaire.

Une fois l'eau versée dans le récipient, la foule entière, à part moi, s'embrase. Spectaculaire. Je peux lire dans les yeux de chacun à la fois inquiétude et émerveillement.

— Que nous as-tu fait, Abriel ? demande l'un des leurs une fois le feu consumé.

— Ne ressens-tu rien de particulier ?

— C'est comme si… C'est étrange, j'ai l'impression… d'être libre.

L'homme contemple ses mains, comme un prisonnier à qui on aurait retiré ses chaînes.

— Sommes-nous libres, sorcière ? s'enthousiasme un autre. As-tu levé la malédiction ?

— Une partie de la malédiction, tempère Abriel. Maelwen nous a rendu notre liberté…

Des exclamations s'élèvent de part et d'autre, obligeant Abriel à élever la voix.

— Du calme, mes amis, du calme ! Nous ne sommes pas là pour nous réjouir. Si j'ai demandé cette faveur à Maelwen, c'est pour que nous puissions traquer Morgan tous ensemble.

— Lui aussi a été libéré ? demande Alaric à juste titre.

— Oui, malheureusement. C'est pourquoi nous devons nous mettre en route au plus vite avant qu'il ne nous échappe.

— As-tu une idée de l'endroit où il pourrait se trouver ?

— Plusieurs. J'ai passé un sacré moment à être mené de cachette en cachette, vois-tu.

CHAPITRE 54

Lili

Étrange. Je me sens vraiment étrange.

— Aénor… soufflé-je

— Le combat ne va plus tarder. Il faut que je le prévienne ! Tu sais, Lili, si Morgan avait appris ton petit secret, d'appât tu te transformais en proie. Je t'ai rendu service en quelque sorte. J'espère que tu ne souffriras pas trop.

J'entends la porte claquer à sa suite. Puis plus rien.

Roulée en boule sur le sol, je n'ai pas la force de saisir mon portable dans la poche arrière de mon jean, seulement de serrer le médaillon entre mes mains, sur lesquelles se répand un liquide chaud et poisseux, et de murmurer la formule, à bout de souffle. La chaleur qui pénètre ma chair et le léger *clic* m'indiquent que le collier est ouvert. Je comprime le sachet entre mes doigts… Maelwen, je t'en prie, aide-moi.

Des taches noires s'invitent devant mes yeux. J'ai l'impression de m'envoler. C'est donc ça mourir ?

Bizarrement je reste calme. Mon cœur ne s'emballe pas. Au contraire. Les battements se font de plus en plus distincts. De plus en plus lents. De plus en plus rares.

Je ferme les yeux. Laissant couler une larme sur ma joue.

Une voix. Des bras qui me portent. Des cris. Je sens que l'on me comprime le flanc.

— On est en train de la perdre ! Vite !

— Je ne sais pas laquelle est la bonne, il y a tellement de potions ! Je n'ai pas le temps de tout étudier !

Des pages tournent à côté de moi. Je me sens partir.

— Maelwen, je t'en conjure !

— Celle-ci ! Je pense que celle-ci conviendra !

J'entends Maelwen se lever à la hâte et tout renverser dans la cuisine tandis que Ian me serre dans ses bras.

— Tiens bon, Lili, tiens bon ! me susurre-t-il tout en m'embrassant tendrement.

— Voilà, je pense que ça devrait faire l'affaire.

Je sens que l'on me verse quelque chose sur la peau. Une chaleur se propage dans tout mon corps et peu à peu la douleur disparaît et je recouvre la vue.

— Ian, murmuré-je en agrippant son bras.

— Lili ! Tu m'as fait tellement peur ! Merci, Maelwen, merci mille fois.

En larmes, Maelwen se jette sur moi et me serre dans ses bras.

— Oh Lili, j'ai cru que j'allais te perdre !

— Que s'est-il passé ? Qui… Pourquoi Mère n'est-elle pas là ?

Je n'ai pas besoin de lui dire. D'un regard, Ian comprend et se met à hurler de rage.

— C'est Aénor qui t'a fait ça ? s'exclame Maelwen.

Je confirme d'un hochement de tête. Mon amie porte sa main à sa bouche et lance un regard horrifié à Ian.

— Elle veut seulement protéger son fils, murmuré-je.

— Morgan ?

Face à l'incompréhension de Ian et Maelwen, je leur explique. Tout. Le grimoire. Le sachet de cendres. Ma décision. Celle d'Aénor.

— Comment ma mère a-t-elle pu ? Comment as-tu pu ?

— Votre plan incluait de tuer son fils ! Elle a réagi comme le ferait n'importe quelle mère !

— Lili ! Tu ne peux pas la défendre, s'emporte Maelwen. Ce qu'elle a fait est… horrible. Imagine que Ian et moi ne soyons pas rentrés pour vérifier que Morgan ne traînait pas dans le coin. Imagine…

— Je sais… seulement…

— Seulement quoi ? s'énerve à son tour Ian.

Ian, se lève, ivre de colère.

— Comment as-tu pu l'envisager ? Comment !

— Je pensais… Je pensais que ce serait la solution à tous nos problèmes…

— La solution ! LA SOLUTION ! Tu penses que devenir comme moi est une solution ? Tu as perdu la tête, Lili !

De rage, Ian quitte la pièce.

— Tu croyais vraiment que j'allais t'aider ? Sérieusement ?

— Je pensais pouvoir te convaincre… Tout ça est de ma faute.

— Oh arrête, Lili, tu veux ! Rien n'est de ta faute ! L'unique fautif se trouve quelque part sur ces terres et crois-moi, on va le retrouver.

— Tu as raison, Maelwen, intervient Ian en réapparaissant. Nous avons perdu assez de temps. Lili, ajoute-t-il à mon intention, je ne veux plus jamais t'entendre parler de ça.

— Mais Ian… Je resterai toujours trop fragile ! Morgan aura toujours l'ascendant sur moi… et je dois protéger le collier et ce qu'il contient. C'est la seule solution !

— Non ! Pour ce qui est de ta protection, nous sommes là avec Maelwen. Et pour les cendres, si elles disparaissent, plus de problème.

Joignant le geste à la parole, il se dirige vers moi, la main tendue, comme pour attraper le sachet caché au creux de ma main. Mais pour une fois, je suis la plus rapide et glisse les cendres dans mon collier avant de le refermer.

— Je suis désolée, Ian. Il est hors de question de les détruire.

CHAPITRE 55

Ian

Je n'en reviens toujours pas.
Ma mère.
Lili.
Comment ont-elles pu ?
Si nous n'étions pas arrivés à temps…
Si Maelwen l'avait transformée…
Si elle était devenue comme… moi.
Une Lunaire.
Nous aurions pu…
Non !
Lili est vivante. C'est une Solaire. Elle doit vivre. Qu'importe ce qu'il m'en coûte.

Lili rétablie, grâce aux soins de Maelwen, nous décidons de rester tous ensemble. De ne plus nous séparer. C'est plus sûr.

Après avoir fait le tour du village et des alentours, toujours aucune trace de mon traître de frère. Où peut-il bien se trouver ? Si Maelwen fait partie de son plan, il ne doit pas se trouver très loin…

Après un dernier tour, nous décidons de retrouver le clan pour aller aux nouvelles et c'est sans un mot que nous arrivons à la lisière de la forêt.

Lili n'ose pas lever les yeux vers moi, malgré mes regards insistants. Je devrais peut-être m'excuser. Après tout, elle pensait bien agir.

— Lili, je…

— Vous voilà ! Dépêchez-vous, Morgan n'est pas loin, on l'a repéré près de la frontière ! ordonne mon père en arrivant à notre hauteur.

Sans prendre le temps de lui raconter ce qu'il s'est passé, nous suivons le groupe ainsi reformé au pas de charge à travers les arbres.

La course est sûre, fluide, furtive. Seules Lili et Maelwen trébuchent sur les racines au sol. Nous faisons corps, nuée de Lunaires et de Solaires.

Véritable armée.

Rassemblés dans le but commun de nous sauver. Tous.

Sursaut d'instinct de survie.

Une fois près de la tombe, Lili lève enfin les yeux vers moi, le regard grave. Je lui souris. Son visage s'étire à son tour, avant de se refermer aussi sec.

— Derrière toi !

CHAPITRE 56

Lili

Un rictus moqueur plaqué sur son visage, Morgan me toise de haut en bas.

— Toujours dans les pattes de mon frère à ce que je vois, la petite garce ! T'as peur que Maelwen prenne ta place dans son petit cœur, c'est ça ?

La colère m'envahit. Son sourire, ses yeux avides, sa posture de domination, tout me dégoûte chez lui. Tout ça est de sa faute. Entièrement de sa faute. Je n'ai rien à voir dans sa folie destructrice. Je ne mérite pas son acharnement. Maelwen non plus. Ni personne.

De rage, je me jette sur lui, avant d'être rattrapée par Ian qui me pousse sur le côté pour me protéger de son frère.

Les deux hommes s'empoignent. Corps à corps violent. Tombent à leur tour au sol, se frappant sans retenue.

Je vois le visage de Ian se transformer. Ressembler davantage à celui de Morgan. Ses yeux se voilent. Ses traits se durcissent. Les coups se font de plus en plus durs.

Tout autour, le temps semble s'être arrêté. Notre groupe, les amis de Morgan, bien plus nombreux maintenant, tous nous regardons le combat sans pouvoir réagir. Comme si rien de tout ça n'existait. Comme si deux frères ne pouvaient réellement se faire du mal.

— Ian, Morgan, il suffit ! ordonne soudain une voix en provenance de la forêt.

Les deux ennemis ne semblent pas avoir entendu.

— IAN ! MORGAN ! ASSEZ !

Une frêle silhouette apparaît alors de derrière un arbre. La démarche élégante dans sa robe de lin.

Aénor.

Le combat cesse. Les deux hommes se rejettent, s'écartent, tout en continuant à se toiser avec violence.

— Aénor, que fais-tu ici ? intervient Abriel en se précipitant vers elle.

— Sans doute sauver son *fils,* éructe Ian.

— La jalousie est un vilain défaut frérot, se moque Morgan tout en crachant au visage de son frère.

— Ça suffit ! ordonne Abriel.

— Je n'ai aucun ordre à recevoir de vous, ni de qui que ce soit. Je dirige mon propre clan maintenant. Je n'ai plus rien à voir avec votre *famille*. Plus rien ne me rattache à vous. Je n'ai que faire de votre humanité ! Celle qui nous retient enfermés depuis si longtemps… Nous sommes qui nous sommes, rien ne sert de faire semblant ! Tu es un monstre toi aussi, Ian, derrière ton visage d'ange. Il est temps que tu assumes enfin ta vraie nature. Je suis sûr que tu me rejoindras ! Sûr que tu comprendras où est réellement ta place ! Maintenant, laissez-nous partir avant de le regretter… Alban et Tristan, allez me chercher la sorcière ! Considérez ça comme un tribut pour toutes ces années passées à vos côtés !

Sans plus attendre, les deux hommes se rapprochent de mon amie.

En réaction, Maelwen attrape ma main droite et lance un regard à Ian qui attrape la gauche. Comme par contamination, tout le groupe se déplace d'un seul homme, les mains enchevêtrées, jusqu'à entourer Morgan et ses acolytes.

Telle une meute sanguinaire, la dizaine de créatures piégées dans notre cercle se met à feuler, prête à attaquer.

La voix de Maelwen, forte et saisissante, s'élève alors au-dessus de tous.

À mesure que ses paroles s'envolent, je sens comme une onde de puissance traverser mon corps, tandis que Morgan et ses hommes s'effondrent au sol. Pris de convulsions, je vois leurs bouches se tordre dans un cri silencieux.

Maelwen accélère ses incantations. La puissance redouble. Ian resserre son étreinte pour ne pas que nous brisions le cercle. Alors que les Lunaires dissidents semblent enfin à notre merci… Tout s'arrête.

Maelwen s'écroule. Le cercle d'énergie s'arrête. Les créatures se redressent, plus sanguinaires que jamais. Derrière moi, Aénor se tient avec un bâton.

— Je ne peux pas vous laisser prendre mon fils, murmure-t-elle dans un souffle avant de disparaître entre les arbres.

Je n'ai pas le temps de chercher à la rattraper, je me jette sur Maelwen pour tenter de la réanimer.

À côté de moi, la bataille fait rage. Après un dernier regard sur Maelwen et moi, Ian se jette dans la fosse aux lions.

La peur m'envahit. Je secoue mon amie pour la faire réagir.

Enfin, elle ouvre un œil, puis l'autre. Avant de se redresser en se frottant l'arrière du crâne.

— Que…

— Aénor.

— Décidément…

— Qu'allons-nous faire ? hurlé-je en l'entraînant derrière un arbre.

— J'ai une idée ! Attends-moi ici.

Maelwen se faufile entre les arbres, me laissant seule face à l'horreur. Des corps jonchent le sol. Je regarde tous ces visages. Tués. Sacrifiés. Un pieu, de l'if, sans aucun doute, en plein cœur. C'est donc vrai.

Ian est encore debout. Il continue à se battre aux côtés de son père. Esquivant les coups de Morgan.

Alban arrive derrière lui. Furtif. Un pieu dans la main. Je sors de ma cachette. Lui hurle de se retourner. Enjambe des corps, marche sur des mains et des pieds, tombe et me relève. Des larmes noient mon visage quand Alban frappe.

Le temps s'arrête. Tout s'arrête.

Je m'effondre. Une voix résonne au loin.

Obliviscere. Non est de hoc bed.

Puis, plus rien.

CHAPITRE 57

Maelwen

Je sais ce qu'il me reste à faire. Je m'éloigne de mon amie. Impossible de faire ça devant elle.

Un peu à l'écart de la bataille, je m'assieds sur une vieille souche et prends le temps de ressentir le vent sur ma peau, le visage tourné vers le ciel.

Je n'ai pas le choix.

Je n'ai plus le choix.

Ce carnage doit cesser.

Morgan et ses amis prennent le dessus. Bêtes sanguinaires rongées par la haine et la soif de vengeance. Je ne les laisserai pas arriver à leur fin. Surtout pas par ma faute.

Tirant de mon sac une fiole, je la porte à mes lèvres. Du coin de l'œil, je vois Lili se débattre pour arriver jusqu'à Ian.

Adieu, mon amie.

Adieu, mes amis.

Si je vous avais dit que ma mort, celle de la dernière sorcière de la lignée, était votre dernière chance, vous ne m'auriez jamais laissée faire.

Avec moi, les Lunaires disparaissent. Avec moi, tout prend fin.

Le sacrifice d'une sorcière au profit de la survie des Solaires, finalement, qu'est-ce que ça représente ? C'est ce que je vous aurais dit si vous aviez découvert mon plan.

J'espérais ne pas avoir à le faire. Dès le jour où j'ai découvert cette condition dans le grimoire, je me suis préparée. Tout en espérant ne pas avoir à y faire face.

Une sorcière s'est déjà sacrifiée par le passé pour ne pas permettre aux dissidents de lui extorquer sa magie. Aujourd'hui, c'est à mon tour. Avec une possibilité en plus : leur extinction.

Ian, pardonne-moi. Je ne fais que sauver celle que tu aimes. Je sais que tu aurais fait pareil à ma place. Tu es un être à part. J'aurais aimé que tout soit différent.

Il est temps.

Adieu, mon amie.

Adieu, mes amis.

Le liquide glisse sur ma langue et plonge dans ma gorge. Je hurle une dernière chose à l'attention de Lili, je veux qu'elle les oublie – qu'elle l'oublie – avant de m'effondrer.

Je sens le poison contaminer peu à peu mon sang.

Mon cœur accélère avant de se mettre à ralentir. Je n'ai plus peur. Je me sens soulagée, comme… si…

CHAPITRE 58

Lili

Des voix autour de moi. Des mains qui me touchent. Quelqu'un pleure.

J'ouvre peu à peu les yeux. Perdue.

Mon environnement est encore flou. Un visage se penche sur moi.

Erwann.

Erwann ? Mais qu'est-ce qu'il fait là ?

Des arbres.

Mais qu'est-ce que je fais dans la forêt ?

— Lili revient à elle ! clame-t-il tout en passant sa main sur ma joue. Tu nous as fait tellement peur !

— Qu'est-ce qu'il se passe ici ? Qu'est-ce que je fais là ?

Je me redresse difficilement et masse mon crâne endolori.

— Tu ne te rappelles rien ?

Je ferme les yeux, cherchant à rassembler mes souvenirs.

— Non, absolument rien.

— C'est normal. Le choc. Quelle est la dernière chose dont tu te souviennes ?

— À vrai dire… Tout me semble terriblement flou. Comme si ces derniers mois étaient entrecoupés de vides…

— C'est normal d'après le médecin. Tu as subi un gros traumatisme.

— Que s'est-il passé ?

— Tu…

Erwann hésite, je le vois chercher quelqu'un du regard. Je remarque ses traits tirés, ses yeux rouges. Il a l'air épuisé. Triste. Profondément triste.

— Erwann, répété-je, que s'est-il passé ?

— Maelwen et toi… vous… la police pense…

— Comment ça la police ? Où est Maelwen ? Tu commences à me faire peur !

Mon cœur bat à tout rompre. La panique m'envahit. Je me sens de plus en plus mal. Enfin si c'est possible.

— Je suis désolé, Lili. Maelwen est…

— Maelwen quoi ? hurlé-je.

— La police parle d'une agression… Maelwen n'a pas survécu, lâche-t-il dans un sanglot.

Le temps s'arrête. Tout autour de moi se fige. Erwann, penché sur moi. Le groupe d'hommes et de femmes, sûrement de la police, qui s'affaire autour de quelque chose… ou de quelqu'un. J'aperçois au loin mes parents, arrêtés en pleine course.

Quelque chose enfle dans ma gorge. Comme une énorme boule. J'ouvre la bouche pour l'expulser. J'ai terriblement mal.

Surgit alors un cri.

J'ouvre un œil, puis l'autre. Le décor autour de moi a changé. La blancheur des murs et le bip-bip constant qui me frappe les tympans m'indiquent que je me trouve à l'hôpital.

À côté de moi, mes parents me sourient.

— Elle se réveille, murmure ma mère.

— Lili ? Comment te sens-tu ?

— Laissons-la reprendre ses esprits. Prends ton temps, ma chérie, ajoute-t-elle en déposant un baiser sur mon front.

Je prends une profonde inspiration et je me lance. Je veux tout savoir.

Après une heure de discussion, mes parents ne m'ont pas vraiment éclairée. Ne me trouvant pas dans ma chambre à leur réveil, ils ont contacté Maelwen, qui ne répondait pas non plus, puis Erwann, qui est parti à notre recherche avec mon père.

Ils ont fini par nous retrouver en plein milieu de la forêt en traçant nos portables.

La police soupçonne une agression. Je suis incapable de confirmer ou d'infirmer leurs dires.

Impossible d'expliquer à mes parents ce que je faisais dans la forêt en pleine nuit avec Maelwen. Vu les circonstances, ils ne se sont pas appesantis sur le sujet.

Tout ce que je sais, c'est que ma meilleure amie est morte et que moi, pour une raison que j'ignore encore, j'ai survécu.

CHAPITRE 59

Lili

Enfin dehors.

J'ai pu quitter l'hôpital, après des jours passés à supplier ma mère de me sortir de là. Les médecins ont fini par accepter sous réserve que je sois suivie par un psychologue au moins une fois par semaine. Mais je n'ai rien à lui dire pour la simple et bonne raison que je ne me souviens de rien. Ma mémoire ressemble toujours à un énorme morceau de gruyère dont je n'arrive pas à remplir les trous.

Erwann est venu me rendre visite quasiment tous les jours, me déposant à chaque fois des fleurs. S'inquiétant pour mon état. Attentionné. Amoureux. Qu'est-ce qui a bien pu nous séparer ?

Les parents de Maelwen sont venus aussi. Ils veulent savoir ce qui est arrivé à leur fille. Je suis incapable de les aider.

Je ne suis plus capable de grand-chose en fait.

À peine sortie, j'ai voulu me rendre directement au lycée. Faire comme si de rien n'était. Mes parents étaient réticents, mais ont accepté.

Impossible. Je me suis effondrée devant la grille.

Mon père m'a dit que c'était encore trop tôt. Que j'avais besoin de temps.

Du temps pour quoi ?

Ma mère a évoqué un déménagement. Un besoin de s'éloigner de tout ça. De repartir à zéro.

Oui, fuir, c'est ça !

J'ai besoin de retrouver ma chambre, mes habitudes… mais en même temps, tout me ramène à Maelwen. Les fringues qu'on s'était échangées, les livres de cours, les petits mots glissés sous le bureau… Elle va tellement me manquer. Si seulement j'avais la moindre idée de ce qu'il s'était passé ce jour-là, je pourrais faire avancer l'enquête… Mais rien. Vraiment rien. J'ai beau me creuser la tête, ces derniers mois sont complètement flous.

Ma mère convainc finalement mon père de rentrer à Paris. Tout se fait dans la précipitation. À peine la décision prise que nous avons déjà un appartement qui nous attend. Je suspecte ma mère d'avoir pris les devants et d'avoir agi dans le dos de mon père.

Sans même avoir le temps de retourner au lycée pour voir mes amis que je me retrouve à devoir faire mes cartons. Repartir dans l'autre sens. Faire comme si tout ça n'était qu'un cauchemar.

Pourquoi pas, après tout.

Je vérifie une dernière fois que je n'ai rien oublié, glissant au passage la carte d'Erwann dans la poche de mon pantalon – il m'invite à venir passer les prochaines vacances avec lui, j'hésite encore… – quand quelque chose sur la porte de ma penderie attire mon œil.

Je tends la main vers la poignée, lançant un dernier regard à la fée, et saisis mon médaillon. Je pensais l'avoir mis dans ma boîte à bijoux. À peine je l'effleure qu'il me semble entendre un bruit. Une voix.

Obliviscere. Non est de hoc bed.

Je m'arrête de respirer et me concentre sur ce son diffus.

Obliviscere. Non est de hoc bed.

— Lili ! Tu es prête ? April commence à râler dans sa cage, il est temps de partir !

— Oui, oui, j'arrive !

Je sors mon portable de ma poche et tape en vitesse les mots entendus avant de courir dans l'escalier.

Une fois dans la voiture, je consulte mon écran. Il s'agit d'un mélange de latin et de breton :

« Oublie-le. Il n'est pas de ce monde. »

QUELQUE PART EN BROCÉLIANDE

1605 - Histoire d'un massacre

Madalen s'approcha sans bruit de la cabane. Lieu secret, caché dans le ventre de la forêt, où elle pouvait retrouver son amour. À l'abri de tous.

De leur relation interdite était né un enfant. Une petite fille, qu'elle pressait contre son sein, heureuse de pouvoir lui présenter.

Il ne l'avait jamais vue encore, étant parti en affaire avec son père durant de longues semaines. Mais aujourd'hui, enfin, il allait pouvoir contempler le fruit de leur amour.

Comme prévu, il l'attendait devant la porte. Amoureux. Ses yeux verts s'illuminèrent à la vue de l'enfant qu'il prit dans ses bras sans plus attendre.

Ému, il embrassa son aimée. Rien ne pouvait le rendre plus heureux.

Madalen se réjouit de ce bonheur retrouvé. Ayant eu peur, un instant, que ce précieux cadeau ne soit vu comme un fardeau. Au contraire, il semblait renforcer l'attachement qu'ils se portaient l'un l'autre. Véritable lien entre leurs deux natures.

Lui, profondément ordinaire. Elle, membre du clan Sorserez.

Dès leur première rencontre dans cette forêt – lui en retrait de la chasse aux gibiers lancée par son clan, elle, cueillant des herbes pour quelques potions – ils avaient compris à quel point cet amour serait fort, mais aussi dangereux. Sans même un baiser échangé, ils s'étaient promis de se revoir.

Le jeune homme n'avait alors rien dit de cette femme qu'il venait de croiser, et était parti retrouver son père sans plus attendre. Ne pensant qu'au jour où il la reverrait.

Cela avait pris plusieurs semaines avant qu'ils ne puissent à nouveau profiter d'une partie de chasse pour s'évader un instant. Seul à seul.

C'est ainsi qu'ils se revirent régulièrement.

Mais, ne se satisfaisant plus de furtives rencontres, ils avaient décidé de se trouver un endroit bien à eux. Une cabane au cœur de Brocéliande qu'ils avaient aménagée pour accueillir leur amour.

Alors que Madalen avait prétendu s'être découvert une passion pour l'horticulture, lui avait inventé toutes sortes de mensonges pour pouvoir passer quelques heures à ses côtés.

Leurs étreintes s'étaient faites de plus en plus passionnelles, jusqu'au jour où elle lui avait avoué attendre un enfant.

D'abord abasourdi par la nouvelle, il s'était réjoui en sentant bouger ce petit être, la main posée sur le ventre de Madalen.

Comment allait-il faire pour garder cette naissance secrète ?

Impossible de présenter cette femme et son enfant à sa famille. Il le savait. Son père et son clan étaient emplis de haine pour Madalen et ses sœurs qu'ils voyaient comme contre-nature.

Il devait la protéger. Les protéger.

Madalen, elle, avait fini par mettre ses sœurs au courant. Lorsque son ventre s'était arrondi, impossible de leur cacher plus longtemps. Elles lui avaient alors avoué le savoir depuis un moment. Quelle idée de vouloir tromper le flair d'une sor-

cière. C'était donc entourée de ses sœurs qu'elle avait donné naissance à sa fille, au milieu des bois, sur un lit de feuilles.

Parti en voyage, le jeune père avait tout de même pris soin de déposer un présent pour son enfant à venir. C'est ainsi qu'en rentrant installer la petite dans leur refuge, Madalen avait découvert un ourson de tissu posé dans le berceau de bois.

La joie des retrouvailles passée, il fallut s'organiser. Madalen, avec l'accord de ses sœurs, avait pris ses quartiers dans cette petite maison de bois avec l'enfant. Le jeune homme, quant à lui, viendrait y passer quelques heures par jour, à l'abri de sa famille.

Lors de l'une de ses visites, le jeune homme, tout à son bonheur, n'entendit pas les feuilles et les branches craquer dans son dos, ni le bruit d'une présence derrière lui. Cette ombre, qui le suivait depuis qu'il avait quitté le domicile familial, vint se placer à l'une des fenêtres de la cabane et, quelle ne fut sa surprise quand elle découvrit ce qu'il s'y trouvait.

Fou de rage en découvrant la femme et l'enfant, l'indiscret courut vers le village alerter son clan. Son propre fils. Son aîné. Lui qui devait montrer l'exemple ! Lui, prometteur. S'amouracher ainsi d'une de ces... femmes. D'une de ces... sorcières ! Erreur de la nature ! Œuvre du diable !

Il ne pouvait l'accepter.

Arrivé au village, il rassembla ses troupes et leur expliqua ce qu'il venait de découvrir.

Tous hurlèrent à la sorcellerie. Cette femme avait enchanté le fils du chef, cela ne faisait aucun doute. Ces femmes allaient payer. Cela faisait plusieurs mois maintenant qu'ils les observaient dans la forêt, créatures démoniaques, cherchant tout prétexte pour les éliminer, attendant une preuve tangible de leur maléfice. Ils venaient enfin de la trouver.

Quand le jeune homme revint de son escapade, il fut étonné de voir les troupes ainsi levées.

Un murmure se répandit sur son passage. Il comprit rapidement de quoi il en retournait.

Se précipitant chez lui, il tenta de convaincre son père de l'innocence de son aimée et de ses sœurs. Il lui parla de l'enfant. Lui promit de lui présenter.

Le père ne daigna même pas regarder son fils qui alors se jeta à terre, aux pieds de sa mère, lui conjurant de l'aider et de lui pardonner. Elle le serra dans ses bras, mais lui murmura qu'elle ne pouvait aller à l'encontre de la décision de son mari.

Ravagé par le chagrin et la rage, le jeune homme s'enfuit de la maison et courut dans la forêt prévenir Madalen qui s'effondra en apprenant la nouvelle.

Sauver son enfant devint alors la priorité de la jeune femme, même avant de songer à sa propre vie.

Elle pensa un instant le confier à son amie Gwenaëlle, mais se ravisa. Ces hommes auraient vite fait de la découvrir.

Attendant la nuit, alors que les troupes commençaient leur battue dans la forêt, Madalen se dirigea vers le village le plus discrètement possible. Le bébé caché dans un linge, aux creux de ses bras, elle se faufila jusqu'à une maison appartenant à un jeune couple en manque d'enfant. Elle le savait pour leur avoir confectionné quelques décoctions dans le plus grand secret.

Regardant une dernière fois sa fille, elle la déposa sans plus attendre au pied de la porte, avant de frapper doucement et de s'enfuir sans se retourner.

Cachée derrière un arbre en retrait, elle observa la scène et s'assura que son bébé était en sécurité.

Le jeune couple, alerté par le bruit, ouvrit la porte et quel ne fut leur étonnement quand ils virent le nouveau-né.

Regardant à droite et à gauche à la recherche d'explications, ils finirent par l'emmener à l'intérieur tout en la couvrant de baisers.

Cela recolla ne serait-ce qu'un peu le cœur de Madalen qui venait de se briser en mille morceaux.

Au moins, elle serait aimée.

Madalen retourna, non sans peine, dans la forêt pour y retrouver ses sœurs et se mettre à l'abri.

Une fois arrivée à la cabane, elle y découvrit les troupes en train de défoncer la porte et ne demanda pas son reste.

Il ne lui restait plus qu'à courir pour essayer de sauver sa peau.

Au détour d'un arbre, ses sœurs l'attrapèrent et la cachèrent avec elles.

De son côté, le jeune homme avait rassemblé quelques amis pour tenter de contrer les hommes de son père. Il tenta une dernière fois de le dissuader de mettre son projet à exécution, en vain.

Ses amis et lui-même furent arrêtés et jetés en prison pour trouble à l'ordre public.

C'en était fini. Il ne pouvait plus rien faire pour elles. Il espérait seulement que Madalen avait réussi à mettre l'enfant en sécurité comme ils l'avaient prévu. Il ne le saurait sans doute jamais, et cette question allait, il le savait, le torturer jusqu'à la fin de sa vie.

Les heures lui semblaient une éternité dans cette petite cellule. Incapable de dormir, il restait là, les yeux dans le vague, à penser à ce qu'aurait été sa vie si son père n'avait pas été pris de cette folie meurtrière.

Soudain, les conversations du village montèrent jusqu'à la fenêtre de sa prison et lui apprirent la plus horrible des nouvelles : la chasse aux sorcières était lancée.

Les trompettes sonnaient, les villageois hurlaient, l'excitation était à son comble.

Durant plusieurs jours, Madalen et ses sœurs continuèrent à se cacher, de plus en plus affaiblies. Les hommes étaient nombreux et la forêt se refermait sur elles. La fin était proche.

Puis un matin, après plusieurs jours d'effervescence, le calme revint. Rapidement perturbé par des cris : « Morgan, ils ont tué ta bien aimée ! Venge-la et venge ta fille jusqu'à ce que la mort te trouve ! »

Puis le silence. De nouveau.

Et enfin, un corps qui se relève, portant dans ses chairs un désir de vengeance.

REMERCIEMENTS

Je remercie profondément mon mari, ma famille et mes amis pour leur enthousiasme et leur soutien.

Imprimé en France
FRHW011337220422
30616FR00005B/14

9 782365 388870